www.tredition.de

AF185167

Volker Lauterbach

Doppelpaul

Aus dem Leben des Paul P.

www.tredition.de

Verlag und Druck: tredition GmbH, Hamburg

ISBN
Paperback: 978-3-7469-6819-3
Hardcover: 978-3-7469-6820-9
e-Book: 978-3-7469-6821-6

Über den Autor

 Man sollte sich nicht allzu ernst nehmen und auch einmal über sich selbst lachen können.

Der Doppelpaul – Aus dem Leben des Paul P. ist eine Biographie mit Augenzwinkern, in der sich Protagonist Paul, ein liebevoller Chaot, mehr oder weniger erfolgreich durch das Leben schlägt.

Begleiten Sie Paul P. auf den verschiedenen Stationen seines Lebens und falls Sie sich das eine oder andere Lächeln nicht verkneifen können, dann ist der Zweck dieses Buches bereits erfüllt.

Sein erstes Buch „Lauftipp für Anfänger" ist im Jahr 2016 erschienen und im stationären Buchhandel in den Printversionen als auch im Internet und zudem als eBook erhältlich.

www.tredition.de

Inhalt

Paul - und wie noch?

Bekannte und Menschen, die glauben, meine Freunde zu sein, nennen mich *Doppelpaul*. Fremde und Geschäftspartner reden mich mit *Herr Paul* an. Weitläufige Verwandte und andere Personen, die mich nicht näher kennen, sagen *Paul* zu mir. Nur meine liebe Ehefrau nennt mich *Hase*. Nur sie darf das aber auch.

Nun fragen Sie sich sicher, was ich Ihnen direkt zu Beginn dieses Büchleins zumute. Bitte lassen Sie mich erklären:

Ich heiße in der Tat *Paul*, was an sich ja nichts Ungewöhnliches ist. Zumal der Name *Paul* zurzeit eine wahre Renaissance erlebt. Viele tausend Neugeborene, natürlich männlichen Geschlechts, bekommen den schicken Rufnamen *Paul* in diesen Jahren von ihren Eltern. Was mich von den meisten neuen Erdenbürgern mit dem Namen *Paul* unterscheidet, sind neben dem Alter und der Lebenserfahrung, die Eltern und deren Sinn für Humor.

Nun ist Humor im Grundsatz eine feine Sache. Jemand tut oder sagt etwas Witziges und Andere lachen mehr oder weniger ehrlich und herzhaft darüber. Die größten Lacher finden dabei oftmals Witze, die auf Kosten einer anderen Person gemacht werden. Und da komme ich ins Spiel!

Denn meine lieben Eltern müssen im Jahr meiner Geburt gleich mehrfach von der Muse *Humor* geküsst worden sein. Gemeinheit oder gar Boshaftigkeit lagen ihnen zeitlebens fern. Also kann und will ich ihnen derartiges nicht unterstellen. Demnach kann es nur eine besondere Art von Witz gewesen sein, die meine Erzeuger dazu veranlasste, mir den Rufnamen *Paul* zu geben. „Das ist ja nun wirklich nicht weiter schlimm", werden Sie sicher insgeheim denken. Womit Sie im Grunde auch recht haben. Aber leider, und dafür könnte ich meine Eltern auch heute noch vor dem Europäischen Gerichtshof für Menschenrechte verklagen, trugen diese doch den Familiennamen *Paul*.

In unseren Breitengraden setzt sich der Name eines Menschen aus dem Vor- und dem Nachnamen zusammen. Anders als bei den Indianern. Bei diesen werden die Namen kreativer Eltern aus mehr oder weniger geistreichen Kombinationen von Adjektiven und Substantiven gebildet.

Lustiger Hase oder der *Flinkes Wiesel* fallen mir dazu ganz spontan ein. Gemeine Eltern nannten ihren Sohn zu Wild West Zeiten dann auch mal *Humpelnder Esel* oder *Riechendes Kaninchen*.

In Zentraleuropa und auch sonst wo in der westlichen Welt ergibt sich der volle Name, wie bereits erwähnt, aus Vor- und Nachname. Punkt! Wobei der Vorname von den Eltern oder Großeltern ausgesucht wird. Der Nachname wird allerdings zwangsweise von den Eltern übernommen. Das ist das Prinzip, das auch in 99 Prozent der Fälle für alle Beteiligten zumindest zufriedenstellende Namenskombinationen hervorbringt. Bei rund einem Prozent hingegen funktioniert die beschriebene Systematik, und das zum Leidwesen der Betroffenen, nicht. Vereinfacht gesagt, hat ein Prozent der Menschen in unserem Land das ganzes Leben mit einem doofen Namen zu kämpfen. Vielmehr sogar darunter zu leiden. Schon ein bekannter Liedermacher aus den 1970-er Jahren wollte nicht *Tulpenstengel* heißen. Was ich gut verstehen kann. Denn ich heiße *Paul Paul*. Das ist jetzt kein Doppler der Tastatur. Nein, dieser Name ist das Ergebnis dieses ganz besonderen Humors meiner lieben Eltern im Jahr 1962, dem Jahr meiner Geburt.

Schwere Zeiten - Kindheit und Jugend

Sie können sich sicher vorstellen, wie es mir in der Schule erging. *PePe*, *PauPau* und *PP* waren die üblichen Arten, wie man mich nannte. Vermeintlich besonders witzige Mitschüler ließen sich Bezeichnungen wie der zuvor erwähnte *Doppelpaul* oder *der doppelte Paul* einfallen. Weitere Kreationen möchten ich Ihnen nicht zumuten. Sie haben bereits damals jedwede Untergrenze des schlechten Geschmacks unterschritten. Aber auch viele Lehrer konnten an der *Paul&Paul*-Kombination nicht vorbeigehen, ohne einen dummen Kommentar zu hinterlassen. Ein blöder Spruch, der mir besonders in Erinnerung geblieben ist, kam von Herrn Dr. Pomm. Ausgerechnet Herr Dr. Pomm. Jener Deutschlehrer, der mit Vornamen Fritz hieß, sagte eines Tages in einem Anflug von Heiterkeit bei der Ausgabe von Klausurbögen „Und tragen sie bitte Vor- und Nachnamen in der korrekten Reihenfolge ein". Glücklicherweise waren die meisten Klassenkameraden zu sehr mit sich und der bevorstehenden Klausur beschäftigt, als dass sie diesen feinen Wortwitz verstanden hätten. Herr Dr. Pomm aber hieß von diesem Augenblick an für mich nur noch *Rot-Weiß*.

Im Religionsunterricht befassten wir uns zwei lange Schulstunden mit Apostel Paulus. Diese Geschichte aus der Bibel war ein willkommener Anlass, mich in nervtötender Häufigkeit fortan nur noch mit *Paulus* anzureden.

„Na Paulus, schreibst du mir auch einen Brief? Oder eine Predigt?".

„Sag mal Paulus, wann triffst du Jesus wieder?". Das waren die Sprüche, die ich mir in den Tagen nach den besagten Religionsstunden anhören musste. Bis es zu viel wurde und ich meinem besonders nervenden Mitschüler Reiner Senis auf die Frage, „Paulus, na wieder in Sandalen unterwegs?", zur Antwort gab: „Was geschieht eigentlich mit Deinem Nachnamen, wenn man vom Saulus zum Paulus wird?". Von da an hatte ich Ruhe vor Apostel Paulus.

Und da war dann noch die Klassenfahrt. In allen Gymnasien, die etwas auf sich hielten, durften die Schüler damaliger Zeit per demokratischer Abstimmung ein Ziel für den mehrtägigen Ausflug der Schulkasse auswählen. Und wie damals landesweit üblich, standen auch bei uns London, Rom und München zur Wahl.

Rom bekam die wenigsten Stimmen. Das war, die Vermutung liegt nahe, der geringen Zahl an Lateinschülern geschuldet. Wären mehr Klassenkameraden, die die staubigste aller Sprachen hätten lernen wollen, in unserer Klasse gewesen, wir wären sicher nach Rom in die ewige Stadt gefahren.

München war zweitplatziert und scheiterte in erster Linie an den Mädels der Klasse. Sie befürchteten, und das nicht zu Unrecht, die eine oder andere Bierleiche in der Stadt des *Hofbräuhauses*.

London wurde, wie leicht zu erraten, das Ziel dieser Klassenfahrt. Nicht zuletzt auch, weil unser Klassenlehrer in seinem, auf einem altgriechischen Gymnasium erlernten Englischdialekt sagte: „Inn Londonn wieh kähn wisitt se Sens Pohls Kätiedrell."

St. Paul's…ha…meine Klassenkameraden wieherten schon los, noch ehe ich auch nur das Geringste sagen konnte. So hatten meine Schulkollegen, in der *St. Paul's Cathedral* angekommen, auch nichts Besseres zu tun, als vor mir niederzuknien und so zu tun, als ob sie meinen Ring küssen würden.

Einen in meinen Augen unrühmlichen Höhepunkt erreichten die Hänseleien in der Schule durch den Zugang eines neuen Klassenkameraden. Der Neue kam aus Berlin-Neukölln und war mitten im Schuljahr mit seinen Eltern aus der damals geteilten Stadt zugezogen. Er musste tatsächlich durch die DDR fahren, um in seine alte Heimat zu gelangen. Wenn das mal kein Exot war! Aber nicht die Tatsache, dass er aus einer anderen Welt kam, gab Anlass zu so manchem Scherz. Vielmehr war sein Name der Grund, dass es sich kurzzeitig *ausgepault* hatte. Mein neuer und zukünftig bester Freund hieß nämlich Peter Peters.

Der arme Peter hatte es anfangs ziemlich schwer. Musste er doch die gleichen flachen Witze über sich ergehen lassen, wie ich sie schon seit Jahren kannte. Er bekam das alles aber nur in einer Art Zeitraffer mit. Denn auch für den größten Klassenclown, Albert Köttel (der hieß wirklich so), wurden die bescheuerten Doppelnamen irgendwann einmal uninteressant.

Das bedeutet aber nicht, dass damit die Schulzeit und deren Hänseleien überstanden waren. Denn scheinbar neues Ungemach tat sich von einer für mich vollkommen unerwarteten Seite auf. Erdmute Pfau, eine unscheinbare, kleine Streberin, die seit der Quinta in unserer Klasse war, nahm eines Tages ihren ganzen Mut zusammen und sagte: „Jetzt, wo der Paul seinen Peter gefunden hat, sollen wir nicht den *Peter und Paul*-Tag zum Klassenfeiertag ernennen und ab sofort an diesem Jahrestag das Brauchtum pflegen?".

In der Tat wurde der 29. Juni für die letzten Schuljahre ein Tag zum Feiern. So veranstalteten wir in den letzten Jahren bis zum Abitur an diesem Sommertag ein rauschendes Fest mit viel Grillgut und noch mehr Getränken.

Die Witzeleien über meinen Namen sollten wider Erwarten von diesem Tag an bis zum Schulabschluss ein Ende haben.

Harte Suche - Ausbildungsplatz

Nach dem Abitur wollte ich eine Berufsausbildung absolvieren. Den unmittelbaren Sprung in das Universitätsleben traute ich mir noch nicht zu.

Also suchte Paul Paul eine Ausbildungsstelle, was sich zu Beginn der 1980er Jahre als nicht ganz einfach herausstellen sollte. Aber nicht die Suche, sondern das Finden einer Ausbildungsstelle. Und auch dabei kam mir mein Name, an dieser Stelle einmal vielen Dank an meine Eltern, einige Male in die Quere. „Paul und wie noch? Kannste dir nicht mal deinen Nachnamen merken?". Dies bekam ich einige Male zu hören.

Von Paul Paulmeier, einem angesehenen Malermeister am Ort, bekamen wir einen bösen Anruf. Mein verdutzter Vater konnte sich nur noch an ein „…verarschen kann ich mich selber" erinnern. Meine Anstreicher- und Malerkarriere nahm somit, noch bevor sie wirklich beginnen konnte, ein jähes Ende, nur weil Herr Paulmeier einen plumpen Witz durch mich bezüglich seines Namens vermutete.

Der Installateurbetrieb *Röhrig* hingegen, war mir zu albern. Ich musste jedes Mal grinsen, wenn ich von dieser Firma hörte. Erinnerte mich Meister Röhrig doch immer an eine bekannte Comicfigur aus Norddeutschland.

Da ich ohnehin nicht wusste, welche Ausbildung ich ergreifen sollte und körperliche Arbeit auch nicht so unbedingt mein Ding war, mied ich daherdie handwerkliche Sparte. Konzentration auf einen coolen Job war angesagt. Vor allem aber auch Leute, die keine Witze über meinen Namen machten.

„Was hältst du von einem Job im Büro? Du kannst doch gut lesen und schreiben. Da sollte dir die Arbeit im Büro doch gefallen", sagte mein Vater eines Tages zu mir. Er hatte einen guten Kontakt zu einem Versicherungsbüro und mir dort einen Tag zur Probearbeit *vermittelt*. Auf diese Art sollte ich einen ersten Einblick in den Beruf des Versicherungskaufmanns bekommen. Eigentlich keine schlechte Idee, einen wirklichen Plan hatte ich ja ohnehin nicht.

Am Morgen des vereinbarten Tages zog ich meine beste Bundfaltenhose und ein Oberhemd an. Lachen Sie nicht, Bundfaltenhosen waren Anfang der 1980er topmodern und sowas von angesagt. Meine Großmutter sagte früher schon immer „Jede Mode kommt irgendwann wieder". Und da meine Oma schließlich immer recht hatte, besitze ich auch noch die Bundfaltenhosen aus den 1980-er Jahren. Aber ich schweife ab.

Ich bin also zu diesem Versicherungsbüro geradelt und kam recht verschwitzt, weil Sommer und auch am Morgen schon recht warm, aber pünktlich zur vereinbarten Zeit dort an. Ein Büro hatte ich mir allerdings anders vorgestellt. Keine Sekretärin? Nur ein Schreibtisch, ein paar Aktenorder in einem

Schrank und eine Kunstledercouch für die Kunden! Das sollte ein Versicherungsbüro sein? Wo waren die Telefone, die ständig klingelten und die vielen gut aussehenden Damen, die die Anrufe entgegennehmen?

Nun gut, ich musste richtig sein. Denn von außen stand in großen Lettern *Garantia Versicherung - Wir versichern, damit Sie sich sicher fühlen - Ihre Agentur Waldemar Trinkenschuh.*

Ich stand also in einem ganz normalen Raum ohne jeglichen Schnickschnack. Noch nicht einmal so einen Computer, den ich schon einmal im Fernsehen und in meiner alten Schule gesehen hatte, konnte ich erkennen. Vielleicht war die Versicherungsagentur aber auch gerade im Aufbau und hatte noch nicht so viele Kunden. Da konnte man die ganze Arbeit bestimmt noch mit der Hand erledigen. Diese teure hochmoderne Technik diente ja lediglich dazu, große Datenmengen zu verarbeiten. Das hatte ich in der Computer-AG in der Schule gelernt. Immer die gleichen Arbeitsschritte erledigen. Dazu war ein Computer sehr gut geeignet. Höchstwahrscheinlich gab es einfach nicht so viele sich wiederholende Arbeitsschritte, was solch ein teures Gerät dann auch nicht erforderlich machte.

Ein freundliches „Guten Morgen" riss mich aus meinen Gedanken. „Du bist bestimmt der Paul Paul". Dabei betonte er dieses Paul Paul so, als hätte er den Nachnamen zuerst genannt. So wie bei „Du bist bestimmt der Schulze, Bernd." Dafür hätte ich ihn schon erwürgen können. Was wollte dieser Waldemar - weil es im Wald geschah - eigentlich von mir? Denn Waldemar Trinkenschuh war wahrlich nicht besser als Paul Paul. Man hatte ihm sicher noch nicht die Geschichte vom Glashaus erzählt. Da ich aber bereits zu diesem Zeitpunkt mit dem Versicherungswesen abgeschlossen hatte, unterließ ich es, mir den Spruch vom Glashaus eventuell für später aufzuheben.

„Du willst also Versicherungskaufmann werden?". Na, das stimmte so nicht. Hatte ich doch gerade beschlossen, *nicht* in die Versicherungsbranche einzusteigen. Dumme Witze über meinen Namen musste ich nicht auch noch im Job haben. Die Leute aus diesem Geschäftszweig waren mir einfach zu albern.

„Dann wollen wir dir einmal zeigen, was wir den lieben langen Tag so alles anstellen", gab er jovial zum Besten. Er sprach vom *Wir*, sollte es etwa doch eine Sekretärin geben? Ich freute mich schon darauf, die tolle Frau mit den hohen Absätzen, einem kurzen Rock und einer engen Bluse kennenzulernen.

„Wir wollen unseren Kunden ein unschlagbares Angebot für eine Lebensversicherung machen. Unsere Zentrale in Hofbieber gewährt uns in den nächsten vier Wochen für jeden neuen Vertrag eine zusätzliche Provision. Hier hast du ein paar Anschreiben, die noch adressiert und kuvertiert werden müssen. Mein neuer Porsche, der nächsten Monat geliefert wird, will ja schließlich auch bezahlt werden. Ha ha ha!".

Mit diesen Worten drückte er mir einen Packen bedruckter Briefbögen, einen Stapel Briefumschläge sowie einen Ordner mit Briefmarken in die Hand. Er zeigte mit dem Kinn auf die Kunstledercouch und sagte: „Da hinten kannst du dich hinsetzen". Dann wandte er sich ab und griff zum Telefonhörer. Er hatte schon einen richtig modernen Apparat in weinrot, mit Tasten und nicht mit einer Wählscheibe, wie bei uns zuhause. „In der Versicherungsbranche kann man also doch erfolgreich sein", meldeten sich leise Zweifel. Vielleicht war ich doch etwas voreilig gewesen, indem ich dem Versicherungsfach so schnell jegliche Chance genommen hatte.

Ich setzte mich auf das mir zugewiesene Sofa und begann mit dem ersten Brief.

Heinrich Böll, Heinrich-Böll-Straße 11 in Bielefeld

„Namenskombinationen gibt es, die gibt es nicht", dachte ich so. Den Brief also ordentlich an den Falzmarkierungen falten. Das hatte mir meine Mutter, eine staatlich geprüfte Sekretärin, am Tag vorher gezeigt. „Man kann ja nie wissen, wofür man das einmal gebrauchen kann", hatte sie im Ton fester Überzeugung, seinem Kind einen lebenswichtigen Hinweis gegeben zu haben, gesagt. „Was für eine kluge Frau, meine Mutter", dachte ich bei diesem ersten Faltprozess in meinem noch jungen Arbeitsleben. Schließlich musste ich nur noch den Briefumschlag (Pfefferminzgeschmack) anlecken, zukleben, die Marke ebenfalls anfeuchten (Geschmack Schweinebraten) und aufkleben. Fertig war mein erster Geschäftsbrief.

Nach einer Stunde hatte ich vierzehn Briefe fertig kuvertiert und adressiert. Meine Zunge klebte am Gaumen und in mir kamen Erinnerungen an die Klassenfahrt nach London auf, die sich mir als kulinarische Barbarei eingeprägt hatten. Denn wie sonst sollte man den Umstand bezeichnen, dass die Bewohner des britischen Eilands scheinbar jedes Gericht mit Kaugummiaroma versehen? Es war mir nicht mehr möglich, auch nur noch einen Umschlag zum Kleben zu bringen und so ging ich kurz zur Toilette, um meinen Mund mit frischen Wasser auszuspülen. Das tat gut, und ich machte mich sofort an die nächsten Briefe. Bereits nach zehn Lebensversicherungs-Traumangeboten musste ich jedoch wieder zur Toilette, Feuchtigkeit nachtanken.

So ging das den ganzen Tag. Und nach den acht Stunden Arbeitszeit, die mein Vater mit Herrn Trinkenschuh ausgemacht hatte, entschied ich, dass meine erste Erfindung selbstklebende Briefumschläge und Briefmarken sein würden. „Du hast deine Sache richtig gut gemacht, Junge", sagte Herr Waldemar. „Aber eine Frage habe ich noch. Warum hast du nicht den Schwamm zum Anfeuchten von Briefumschlägen und Briefmarken verwendet? Der Kleber schmeckt doch so ekelig".

Damit war die Branche der *Versicherung* so etwas von erledigt. Eigentlich war sie für mich mausetot. Niemals würde ich in diese Sparte einsteigen. Niemals!

Coole Truppe - Bundeswehr

„**V**ielleicht ist die Bundeswehr das Richtige für dich", meinten meine Eltern eines Abends zu mir. Wahrscheinlich hatten sie ernsthafte Befürchtungen, dass ich meinen Weg ins Leben verschlafen könnte. Dazu gab es aber nicht den geringsten Anlass. Ich wollte definitiv einen Job annehmen, hatte ihn nur noch nicht gefunden. Um aber meinen Erzeugern mit dem besonderen Sinn für Namen, ein wenig entgegen zu kommen, stimmte ich zu, *die Truppe* oder wie die sich nannten, in Erwägung zu ziehen. Ich hatte meine Zustimmung noch nicht ganz ausgesprochen, da zog meine Mutter einen Briefumschlag hinter ihrem Rücken hervor und legte diesen, wie ein Skatspieler den höchsten Trumpf, auf den Tisch. Böse Ahnungen stiegen in mir auf, als ich den Bundesadler auf dem blassblauen Umschlag sah.

Da hatten meine Eltern doch tatsächlich und hinter meinem Rücken einen Gesprächstermin bei der Bundeswehr für mich vereinbart. Leider hatte ich keine Argumente gegen die Bundeswehr vorzubringen. Fehlten mir doch alternative Ideen.

Also machte ich mich per Bus und Bahn zur angegebenen Kaserne, was dank nicht vorhandener Fahrplanabstimmung und etlicher Verspätungen schon fast einen halben Tag dauerte. Glücklicherweise war der Termin erst für den Mittag vorgesehen.

„Guten Tag Herr Paul", sagte eine Kante von Mann zu mir, nachdem ich mich am Tor angemeldet hatte. An das Gespräch und dessen Inhalt kann ich mich nicht im Detail erinnern. Wichtig war einzig der Satz des Bundeswehr-Riesen „Ihre Eltern müssen aber einen seltsamen Humor haben. Sie tun mir ehrlich leid". Da war das Eis gebrochen und ich entschied in Windeseile sowie aus voller Überzeugung, dass mir bei der Bundeswehr eine grandiose Karriere vorbestimmt war.

Doch bereits in der Grundausbildung kamen mir erste Zweifel. Nach einer überaus anstrengenden Laufeinheit mussten wir uns in einer Reihe vor dem Ausbilder aufstellen. Dies war jetzt nicht das Problem. Aber die Tatsache, dass ich diesem Mann mein Mittagessen vor die Füße legte, bereitete mir schon einige Nachteile. Die Anstrengung hatte sich auf den Magen gelegt. Meine Güte war das peinlich. Und dann noch das Gelächter der Kameraden. Das ging alles noch. Der Gesichtsausdruck des Ausbilders ließ mir allerdings das Blut in den Adern gefrieren. Und zu allem Überfluss musste ich auch noch sein Schuhwerk reinigen. Das war vielleicht eklig, das sage ich Ihnen!

Als ich auch noch auf einem gefühlten Marsch um die halbe Welt in einen Karnickelbau getreten bin, war ich mehr als nur im Zweifel, ob die Verteidigung des Vaterlandes die richtige Aufgabe für mich ist. Nach der Diagnose, die da lautete Kreuzbandriss, Meniskusanriss und Knorpelschaden, kam es auch seitens der Bundeswehr zu einem Sinneswandel. In einem Gespräch nach rund dreimonatiger Genesungsphase meinte mein Chefausbilder: „Wir sind übereingekommen, dass Sie für die Verteidigung der Bundesrepublik Deutschland nicht ganz der geeignete Mann sind. Vielleicht sollten Sie darüber nachdenken, Ihre Lebensplanung diesen Erkenntnissen anzupassen. Haben Sie schon einmal über den Beruf des Kochs nachgedacht? Sie können mit ihrer Erfahrung aus der im Lebenslauf erwähnten Klassenfahrt und bezüglich ihrer Statur, sicherlich etwas zur Kultivierung des Küchenwesens beitragen. Dieser Beruf scheint mir die wesentlich bessere Wahl zu sein, als der Dienst an der Waffe."

Da ich ihm nicht wirklich widersprechen konnte, zumindest bezüglich meiner Bundeswehrkarriere, machte ich mir mal wieder ernsthaft Gedanken über eine neue Herausforderung. „Koch ist eigentlich doch gar nicht so schlecht!?!"

Cooler Job - Koch

Eigentlich wollte ich meine Bestimmung ja nicht im Handwerk suchen, entschied aber, dass ein souveräner Mann seine Meinung ändern und neuen Gegebenheiten anpassen darf. Daher entschied ich, auch auf Anraten des Bundeswehrausbilders, ein Restaurant zu finden, in dem ich das Kochen erlernen konnte. Ja, das Kochen sollte meine neue Passion werden.

Dumm nur, dass ich im Grunde keine Erfahrung mit fremden Küchen hatte. Meine Eltern waren mit mir nur in Gasthäuser einer Hähnchenbratkette gegangen. Doch aus dem Fernsehen wusste ich, dass es auch bessere Einrichtungen gab. Ich musste halt nur ein entsprechendes Restaurant in der Nähe finden. Wenn man dann dort noch eine Lehrstelle für mich hätte, war ein neuer Stern am Kochhimmel schon für mich reserviert.

Ich wälzte also Zeitungen. Jeden Mittwoch, wenn das Werbeblatt kam, war ich der erste am Briefkasten, um die druckfrischen Stellenanzeigen zu sondieren. Die Auswahl an Stellen war auch gar nicht übel. Jedoch suchten die wenigsten Lokalchefs einen Auszubildenden. Spülhilfe, Chefkoch, Beikoch (was auch immer das sein sollte), Küchenhilfe und Servicekraft. Solche Jobs gab es reichlich. Doch wer gab dem Nachwuchs eine Chance? Wer wollte einem neuen Sternekoch den Start in eine ruhmreiche Zukunft ermöglichen? Und wenn dann mal ein

Azubi gesucht wurde, war die Stelle entweder weit weg oder aber nur eine Pommesbude.

Nach einigen Wochen der Ungewissheit, in denen Zweifel aufkamen, ob ich jemals die passende Position finden würde, las ich die Anzeige des Restaurants *Schickimicki*. Unter dem Punkt „Was Du mitbringen solltest" stand dort geschrieben.

flexibel – Wenn jemand flexibel ist, dann ja wohl ich.

belastbar – Wie eine Eiche oder um beim Thema zu bleiben, wie eine gusseiserne Pfanne.

pünktlich – Maurer nutzen mich für ihre sprichwörtliche zeitliche Genauigkeit.

ehrlich – Aber sicher bin ich das. Ich lüge nur in Notfällen und dann auch nur klitzekleine Notlügen.

lernbereit – Man lernt nie aus, sagt mein Vater immer. Das habe ich mir auf die Fahne geschrieben.

Mathe gut – Soll ich etwa Erbsen zählen? Kleiner Witz von mir.

gute Ausdrucksweise – Ich sage nur *Deutschleistungskurs*. Vielleicht schreibe ich später mal ein Buch, ha ha, ha!

Bereitschaft, auch an Wochenenden und Feiertagen zu arbeiten – Also da sehe ich aber mal einen Knackpunkt. Wer arbeitet denn schon am Wochenende?

Dem *Wunsch, die internationale Küche kennenzulernen* kann ich ganz einfach nachkommen. Chinesisch soll ja gut schmecken und zum Griechen gehe ich hin und wieder mit meinen Eltern.

Acht von neun möglichen Kriterien konnte ich eindeutig auf meiner Habenseite verbuchen. Das sollte mir mal einer nachmachen. Ich war wie geschaffen für diese Stelle. Da gab es kein Vertun.

Also kreierte ich eine Bewerbung speziell für die Gastronomie. Keine langweilige Aufzählung dessen, was ich konnte und zu tun bereit war. Nein, ich ließ meiner schöpferischen Ader freien Lauf und heraus kam eine zwar etwas bunte, aber sicher einmalige Bewerbung. Ganz im sicheren Gefühl, dass ich die Ausbildungsstelle im „Schickimicki" schon innehatte, zeigte ich meiner Mutter mein erstes Bewerbungsmeisterwerk. Diese schaute zwar etwas skeptisch, hinderte mich aber auch nicht daran, den Umschlag in den gelben Postkasten zu werfen. Sie war sicher von so viel Kreativität begeistert und stolz auf ihren Nachwuchs mit dem seltsamen Namen. Erst viele Jahre später sagte sie mir, dass sie auf meine Bewerbung nicht stolz, sondern vielmehr schockiert reagiert hätte. Mein Schreiben sei mit den bunten Bildern, die Kochmützen und Kochlöffel zeigten, doch ein wenig kindlich überfrachtet gewesen. Damals fand ich es cool - heute jedoch etwas peinlich.

Wenige Tage später klingelte das Telefon. Frau Ingeborg Möhrenschläger, die Chefin des „Schickimicki", wollte mich sprechen. „Deine Bewerbung hat uns total beeindruckt. Was hältst du davon, wenn du morgen einmal zum Probearbeiten kommst? Dann können wir dich und du uns etwas näher kennenlernen. Gleichzeitig bekommst du einen kleinen Einblick in den Beruf des Kochs." „Gerne! Klar! Ich komme morgen! Freut mich!", war meine vollkommen selbstsichere Antwort. Die gute Frau sollte sofort merken, dass ich trotz meiner Jugend schon ein Mann von Welt war.

„Ich brauche eine Kochmütze. Und eine Kochhose. Und ganz wichtig, ein richtiges Kochmesser. So eins, das man sein ganzes Leben lang nutzt. Das haben alle Köche"

„Nu mach mal bitte langsam, Paul", sagte meine Mutter in dem Ton, der mich immer zur Weißglut brachte, weil er den Eindruck erweckte, als rede sie mit einem kleinen Kind. Ich wusste gar nicht, was sie wollte.

„Ich werde ein ganz Großer im Kochgeschäft. Und da braucht man das alles", erwiderte ich empört. Wollte sie mir etwa meine Karriere verbauen?

„Wir fahren morgen, wenn du Feierabend hast. Dann besorgen wir dir, was du brauchst." versprach sie. Den Unterton in ihrer Stimme bekam ich damals nicht mit. Sonst wäre ich am nächsten Vormittag sicherlich mit anderen Vorstellungen ins „Schickimicki" gefahren.

„Guten Tag! Schön, dich persönlich kennenzulernen und herzlich willkommen im „Schickimicki", begrüßte mich Frau Möhrenschläger. „Darf ich dir meinen Mann Bernhard von Bouillon vorstellen? Bernie, das ist der junge Mann, von dem ich dir gestern erzählt habe. Er wird dir heute über die Schulter schauen. Sei bitte nett zu ihm", sagte sie mit einem Lächeln.

„Guten Tag, junger Mann. Du hast meine Frau ja total begeistert. Dann komm mal mit mir in die Küche", sagte ein Riese von Mann. Herr von Bouillon war mindestens zwei Meter groß. Mit seiner Kochmütze wirkte er sogar noch riesiger. Das schüchterte mich ein wenig ein. Also sagte ich nur: „Hallo! Ich bin Paul!".

In der Küche, in der es sehr warm war und es nach leckerem Essen roch, waren schon zwei Frauen bei der Arbeit. Das waren bestimmt die Küchenhilfen. Die eine schichtete Salat auf kleine Teller und die andere machte gerade eine Götterspeise mit Brocken drin. Mal schauen, was ein richtiger Koch so machen musste. Sicher musste der Fachmann in der Küche Schnitzel panieren und Kartoffeln braten. Ich sollte bestimmt erst die Bratkartoffeln machen.

„Dort hinten steht ein Sack mit Kartoffeln. Wir brauchen gleich eine ordentliche Menge davon. Selbst-verständlich geschält. Nun zeig einmal, wie du mit einem Messer umgehen kannst", sagte Herr von Bouillon zu mir und drückte mir ein Kartoffel-messer in die Hand, wie ich es auch schon bei meiner Mutter gesehen hatte. „Wie? Ein Koch muss Kartoffeln schälen?" wollte ich schon fragen. Verkniff es mir aber doch.

Nach einem gefühlten Doppelzentner Kartoffeln geschah das Unglück. Aus Erschöpfung, Herr von Bouillon sagte später aus Unachtsamkeit, schnitt ich mir in den Finger. Das Blut spritzte nur so aus mir heraus. Mir wurde übel und ganz schwummrig. Gleichzeitig rief eine der beiden Küchenhilfen nach einem Handtuch. Sie hatte sich wegen mir vor Schreck ebenfalls geschnitten, aber in die Hand und die Wunde blutete rasch das ganze Handtuch voll.

Das war's für mich. Ich hatte nicht gewusst, dass der Kochjob so blutrünstig war. Dabei konnte ich Blut noch nicht mal sehen. Beim Anblick der roten Flüssigkeit wurde ich immer gleich ohnmächtig. Schade! Der großen Kochwelt war mit einem kleinen Schnitt in den Finger ein neues Spitzentalent verloren gegangen. Mein Stern ging unter, noch ehe er die Möglichkeit hatte aufzugehen.

Richtiger Job - Kaufmann

Nix mit Koch. Den Kochstern und auch die Bratkartoffeln musste ich also ganz schnell vergessen. Nie wieder Handwerk! Alles viel zu blutig und nichts für mein Gemüt. Ich war doch sensibler als ich gedacht hatte.

Wenn das Handwerk keine Option für mich darstellte, musste ein Plan B, oder war es ein Plan C her. Doch woher nehmen und nicht stehlen?

Das Abendbrot schien eine schier endlose Quelle guter Ideen, zu sein. Zumindest solcher, die meine Zukunft betrafen. Denn wie schon oft zuvor, kamen mir auch dieses Mal meine Eltern zu Hilfe. So sagten meine Mutter und mein Vater fast unisono: „Du solltest dich mit dem Umstand anfreunden, dass du für eine handwerkliche Tätigkeit nicht geschaffen bist. Vielleicht solltest du dich mehr auf den kaufmännischen Bereich konzentrieren. Da kann man zudem noch eine Menge für sein eigenes Leben lernen. Wie man vernünftig mit Geld umgeht, zum Beispiel".

Ich erwartete instinktiv, dass einer von beiden, wie durch einen Zufall, mal wieder einen Briefumschlag hinter dem Rücken hervorzauberte. Doch weder meine Mutter noch mein Vater machten auch nur die kleinste Andeutung, hinter sich zu greifen. Ich begann schon, mir selbst ein schlechtes Gewissen einzureden, weil ich meinen Eltern so viel

Heimtücke zugetraut hatte, als mein Vater sagte: „Ich habe heute zufällig Wilmar Hundertmark getroffen. Er hat doch seit fast zwanzig Jahren den kleinen Verbrauchermarkt in der Rüpelstraße, direkt neben dem Getränke Lauter sein Ladengeschäft. Na ja, und der Wilmar hat mich gefragt, ob ich nicht einen dynamischen jungen Mann kenne, der bei ihm im Laden seine Ausbildung machen möchte. Er will in einigen Jahren in Rente gehen und möchte sein Geschäft dann in guten Händen wissen".

„Und warum erzählst du das, Paps?", fragte ich Unheil befürchtend und sah mich schon hinter der Käsetheke Camembert in Portionen schneiden.

„Sohn, ich weiß, was es bedeutet, wenn du mich Paps nennst. Aber keine Sorge, wir haben nur das Beste für dich im Sinn. Nur das Beste", versicherte er mir.

Das Beste sah so aus, dass ich ab dem nächsten Ersten eine Ausbildung zum Einzelhandelskaufmann im Lebensmittelbereich beginnen sollte. Ich sollte also Bananenbieger werden und alten Frauen 175 Gramm Frischwurst-Aufschnitt verkaufen. Davon hatte ich immer geträumt – mein ganzes bisheriges Leben lang. Und nun sollte dieser Wahnsinn, äh Traum, Realität werden. Ich konnte kaum noch an mich halten und suchte voller nicht in mir vermuteter Energie nach einer Alternative, die mir mein Leben retten und meine Eltern milde stimmen sollte.

Doch je mehr ich auch grübelte und überlegte, außer Tierpfleger und Kanalreiniger viel mir keine Ausweichmöglichkeit ein. Wobei nebenbei bemerkt der Beruf des Tierpflegers keine wirkliche Alternative darstellte, da ich seit frühester Kindheit an einer Tierhaar-Allergie litt. Ich brauchte damals nur einen Pelzträger anzuschauen, da begannen meine Augen bereits zu tränen.

Es kam also wie es kommen musste. Als der nächste Erste anbrach, machte ich mich, alles Negative dieser Welt erwartend, auf den Weg zu meiner nächsten Ausbildungsstelle. Eine Ausbildung, die ich machen musste, wollte ich nicht mit fünfunddreißig Lebensjahren in meinem Jugendzimmer im elterlichen Haus dahinsiechen. Oder gar schlimmer, in der Tat Kanäle reinigen. Nichts für ungut, liebe Kanalreiniger unter den Lesern. Der Job eines Kanalreinigers ist sehr verantwortungsvoll und für die Allgemeinheit von elementarer Bedeutung. Für mich war diese Beschäftigung aber gänzlich ungeeignet. Ich betone an dieser Stelle noch einmal den Widerspruch zwischen Paul Paul und dem Handwerk sowie körperlicher Arbeit.

„Das ist also nicht gerade der hellste Stern, unter dem man in sein Berufsleben starten kann", philosophierte ich. „Vielleicht ist es auch gar nicht so schlimm und ich übernehme den Laden demnächst. Ich habe ja schließlich Abi und werde denen schon zeigen, wie gut ich bin."

Mein Kumpel Peter Peters, Sie erinnern sich, hatte mir am Abend zuvor noch folgenden moralischen Beistand mitgegeben: „Ey Alter, wenn du in dem Laden malochst, kriegst du doch auch sicher Prozente. Personalrabatt heißt das, glaube ich. Die Schwester von Gundolf, die, die bei Knaldi arbeitet, die kauft auch immer billiger ein. Am besten fragst du morgen direkt nach, wie viel Rabatt du kriegst. Dann kaufste zwei Flaschen und wir können dein erstes Wochenende als Malocher gebührend einläuten".

„Wie gut, dass ich Peter habe. So ein Bruder im Geiste tut gut", dachte ich gerade, als ich beinahe mit Wilmar Hundertmark zusammenstieß, der in dem Moment die Eingangstür zu seinem oder besser, unserem Laden aufschließen wollte. „Guten Morgen, Herr Paul. Ich freue mich, sie hier begrüßen zu können. Nun kommen sie aber erst einmal mit herein. Dann zeige ich ihnen ihre neue Wirkungsstätte und alles Weitere."

„Bitte, lieber Gott, lass mich nicht hinter die Käsetheke müssen. Wer weiß, was man dort alles erleben kann". Schlimme Bilder von Käserädern, die mich überrollten, schossen mir durch den Kopf. Und wie zu allem Überfluss sagte mein neuer Chef auch noch: „Sie werden unser Geschäft bis ins kleinste Detail kennenlernen". „Genau das habe ich befürchtet", dachte ich.

„Sie werden daher jede Abteilung durchlaufen, damit Sie alle Abläufe, alle Warensortimente und

Hintergründe verstehen. Nur in eine Abteilung brauchen Sie nicht..."

„Bitte nicht die Käse..." weiter denken konnte ich nicht.

„Die Fleisch- und Wurstwaren bleiben Ihnen erspart."

„Prima, kein Frischwurst-Aufschnitt. Aber hallo, was ist mit der Käsetheke?", wollte ich gerade fragen, als Herr Hundertmark „Ebenso die Käsetheke" sagte.

Damit hatte Wilmar Hundertmark meinen ersten Arbeitstag gerettet. So dachte ich zumindest in diesem Augenblick. Da wusste ich allerdings auch noch nicht, welche modische Gemeinheit Herr Hundertmark mir anzutun gedachte.

„Jetzt werde ich Ihnen zunächst ihre Dienstkleidung geben. So können die Kunden sie als Mitarbeiter erkennen und gleichzeitig wird ihre private Kleidung vor Verschmutzung geschützt". Als ich aber den Arbeitskittel sah, den er aus einem Schrank holte, war mir der Zustand meiner privaten Kleidung plötzlich herzlich gleichgültig. Egal, wenn diese komplett verschmiert werden würde, denn alles war besser als dieser knielange grellorange Kittel mit der Aufschrift auf dem Rücken. *Hundertmark – einmal drin - alles hin* sprang den Kunden in froschgrünen Lettern auf der Rückseite des Mitarbeiters an. Wer auch immer sich dieses Design hatte einfallen lassen, musste entweder geschmacklich vollkommen von der Rolle gewesen, oder aber einfach nur krankhaft böse gewesen sein.

Die Jungs von der Müllabfuhr, die wussten im Vorfeld, dass sie diese orangen Klamotten tragen müssen. Diese quasi zum Berufsbild gehören. Mit dem Lebensmittel-Einzelhandel in Deutschland hatte ich diese, bei den Niederländern sehr beliebte Farbe bislang nicht in Verbindung gebracht. „Man gewöhnt sich an alles, ob man will oder nicht", dachte ich und zog dieses Lehrstück schlechten Geschmacks über.

„Jetzt werde ich sie einmal Ihren neuen Kollegen vorstellen". „Dies ist Herr Rainer Hohn. Er wird sie unter seine Fittiche nehmen und all sein Wissen, das er in vierzig Berufsjahren erlangt hat, mit ihnen teilen. Und seine Frau Blanca, die die ganzen Jahre mit ihm zusammengearbeitet hat, weiß sicher auch viel zu erklären".

Da kannte ich sogar schon die Macher des Erfolgs in diesem Laden. Ich war auf dem richtigen Weg. Der Weg zum Gipfel war weit, aber ich hatte die ersten Schritte getan. Das spürte ich ganz deutlich. Nachdem Herr Hundertmark mich der Frau Brigitte Boskop aus der Obst & Gemüse-Abteilung, dem Metzgermeister Knut Knochenhauer, dem Fräulein Anna Log von der Kasse, Berta Camem von der Käsetheke und Frau Penelope Pfennigfuchser aus dem Büro vorgestellt hatte, sagte er: „So, nun erhalten sie Ihren ersten Auftrag, den zu erledigen ich sie bitte. Damit starten sie jetzt richtig ins

Berufsleben durch. Ich wünsche ihnen und uns eine erfolgreiche sowie angenehme Zeit."

„Danke, Herr Hundertmark. Was soll ich tun?"

„Nun, man tut alles immer zum ersten Mal", cool, das hörte sich ja schon gut an. Sollte ich etwa die Spirituosenabteilung neu organisieren oder gar die Kassenzone beaufsichtigen?

„Vor der Käsetheke wurden am Wochenende neue Fliesen verlegt, die müssen vor Geschäftsöffnung noch geputzt werden. Bitten sie Herrn Hohn, dass er ihnen zeigt, wo sie einen Eimer Wasser bekommen und wischen sie dann bitte vor der Theke auf", sagte er und verschwand.

So begann er, der Start in mein wahres Berufsleben. Von wegen leitendende Position. „Lehrjahre sind keine Herrenjahre", sollte mein Vater abends wissend zum Besten geben. Ich hätte ihn damals dafür lynchen können.

Fit für die Zukunft - Computerkurs

Ich war schon einige Zeit in der Firma, als Herr Hundertmark mich zu sich ins Büro bat. Normalerweise war Herr Hohn mein direkter Vorgesetzter. Zu Wilmar, wie ihn alle Kollegen und Kolleginnen hinter vorgehaltener Hand nannten, musste ich nur selten. Und wenn, dann war es in aller Regel kein schöner Anlass. Einmal durfte ich mir eine Abmahnung abholen, weil ich doch sage und schreibe drei Mal eine Minute zu spät den Arbeitsbeginn gestempelt hatte. Ich hatte in der Tat erst um 8:01 Uhr die Stempeluhr betätigt, was Herrn Hundertmark zu besagter Maßregelung veranlasste. Gut, war sein Recht. Auch wenn ich grundsätzlich später nach Hause ging, als vorgesehen. Aber was die Arbeitszeit angeht, misst man oftmals mit zweierlei Maß. Diese Sichtweise liegt halt im Naturell von Arbeitgebern.

Da stand ich also vor der Tür zu Herrn Hundertmarks Büro und ging im Geiste nochmals alle mir bekannten Verfehlungen der jüngeren Vergangenheit durch.

- Draußen am Papiercontainer geraucht.
- Das kleine Auto der Kollegin seitlich zwischen zwei größere Fahrzeuge geschoben.
- Den Auspuff des Lieferwagens von Brotfahrer Bernd mit einer Kartoffel verstopft.
- Selbigem Fahrer einen alten Käse ins Führerhaus gelegt.

Alles doch nichts Großes. Egal, da musste ich nun durch. Ich klopfte an und nach dem „Herein" trat ich ins Büro von Herrn Wilmar Hundertmark.

„Komm herein und setz dich". Manchmal duzte er mich. Da hatte er entweder gute Laune, warum auch immer, oder sehr gute Laune. Die hatte er grundsätzlich nach einem Sieg im Tennis. Letzteres war allerdings sehr selten der Fall. Wilmar hielt sich zwar für einen begnadeten Jäger der Filzkugel. In Wahrheit aber war er ein gruselig schlechter Spieler. Dementsprechend häufig ging er als Verlierer vom Platz.

„Du hast doch auch schon Frau Pfennigfuchser mit dem HB-Bleistift beim Markieren der Lochkarten für die Bestellungen geholfen. Das Thema EDV ist somit auch in unserem Geschäft eingezogen. Ich sage dir, in der Zukunft wird ohne diese Dinger nichts mehr funktionieren. Computer werden irgendwann einen großen Teil unserer Arbeit übernehmen. Da finde ich es nicht falsch, wenn wir bei uns eine Person haben, die sich da auskennt. Ich habe keine Zeit dazu. Aber ich möchte, dass du an einem EDV-Computer-Kurs an der Volkshochschule teilnimmst. Wenn Du dann ausgebildet bist, wirst du der EDV-Verantwortliche der Hundertmarkt-Gruppe sein".

Er sprach immer von der *Hundertmark-Gruppe*. Zu dem *Imperium* gehörte der Verbrauchermarkt mit nahezu 1.000 Quadratmetern Verkaufsfläche und sonst nichts. Warum er dann aber immer von der

Gruppe sprach? Die Gründe dafür haben sich mir bis heute nicht erschlossen.

Da war sie. Die nächste Stufe der Karriereleiter. Ich durfte als einziger des Unternehmens einen EDV-Computerkurs und dann auch noch an der Volkshochschule machen. Toll! Ich war auf der Überholspur. Herr Hohn konnte sich so langsam warm anziehen. Der würde Augen machen, wenn er erst merken würde, dass ich ihn rechts überholt hatte.

Das war eine tolle Zeit im Computer-Kurs. An den Abenden, an denen der Unterricht stattfand, durfte ich schon eine Stunde früher Feierabend machen, weil ich noch fast 40 Kilometer bis zur Volkshochschule fahren musste, die den Lehrgang anbot. Die bei uns im Ort ansässige VHS bot diesen hochmodernen Kursus noch nicht an.

Dann der Kurs selbst. Ich lernte den Umgang mit einem richtigen Computer. Wie man diesen einschaltete, die 5 1/4 Zoll Papierdiskette mit dem Betriebssystem richtig einlegte und dann so richtig mit dem Tippen loslegen konnte. Dies und noch viel mehr brachte man mir bei, so dass ich nach den vielen Stunden Lehrgang ein richtiger Computerfachmann geworden war. Ich, ja ich, war der Spezialist für die EDV in meiner Firma geworden. Bis dahin war ich als Azubi im ersten Lehrjahr auf dem letzten Platz der Laden-Hierarchie gewesen. Jetzt sollte ich aber ein paar Plätze gut machen und somit wenigstens an Aische Göktan, der Putzfrau und Hartmut

Haldenkehrer, dem Kollegen, der einmal in der Woche, den Parkplatz fegte, vorbeiziehen.

Ich bin jetzt wer. Wissen ist Macht. Mit Fleiß zum Erfolg. Das war es, was mich so stolz und selbstsicher machte. „Jetzt geht es mit dem Laden richtig bergauf. Wir bauen jetzt überall Computer auf. An den Kassen, bei Frau Pfennigfuchser im Büro und natürlich beim Chef", plante ich insgeheim. Möglicherweise würde ich auch ein eigenes Büro mit eigenem Schreibtisch und eigenem Computer bekommen. „Qualifikation ist eben der Schlüssel zum Erfolg", sagte ich am Abend des letzten Computerkurs-Tages zu meinen stolzen Eltern. Ich glaubte, sie waren sogar ein wenig ergriffen, denn ich sah, wie sich mein Vater mehrmals eine Träne aus den Augenwinkeln wischte. „Morgen werde ich den Lohn für meine Mühen einfahren", sagte ich mit sichtlichem Stolz und verschluckte mich am letzten Bissen meines Wurstbrotes.

Am nächsten Tag war alles wie immer. Herr Hundertmark verbrachte fast den ganzen Tag im Büro, bevor er zum Tennis fuhr. Danach sah ich ihn an diesem Mittwoch überhaupt nicht mehr.

Wochen später sagte er im Vorbeigehen zu mir: „Sie haben den Computerkurs erfolgreich bestanden. Mein Glückwunsch. Eines Tages werden sie dieses Wissen sicherlich verwenden können. Wir aber werden diese Technik erst einmal nicht weiterverfolgen. Die paar Lochkarten, die Frau Pfennigfuchser so zu bearbeiten hat, rechtfertigen noch nicht die Anschaffung einer solch teuren Sache. Vielleicht wird sich diese ganze Technik auch gar nicht durchsetzen. Überlegen sie doch einmal. Ein Computer und eine Kasse, wie soll das denn zusammenpassen? Woher soll der Kassen-Computer denn erkennen, welchen Artikel Frau Log ihm zeigt? Bei den Bestellungen müssen wir noch jahrzehntelang Listen ausfüllen. Diese Arbeit wird uns niemals eine Maschine abnehmen können, dazu ist das alles viel zu komplex. Und die Lochkarten? Die muss der Bote auch in Zukunft noch in die Zentrale bringen. *Beamen* funktioniert halt nur im Fernsehen".

So unerwartet wie die EDV-Episode begonnen hatte, ebenso unvorbereitet traf mich diese Aussage von Herrn Hundertmark. Aber dies sollte nur ein kleiner Rückschlag auf meinem Weg zum Gipfel sein. Dabei konnte mich die EDV nicht aufhalten.

Unter der Erde - Bergbau

Am Ende meiner Ausbildungszeit, die noch so manches Auf und Ab erfahren hat, bat Herr Hundertmark mich zu sich in sein Büro. Dieser Umstand verursachte bekanntermaßen eine wenig angenehme Vorahnung. „Was war denn nun schon wieder?" Und dieses Mal wusste ich beim besten Willen nicht, was der Anlass für Herrn Hundertmarks Wunsch, mich zu sehen, war. „Ich sollte einfach sein Büro betreten", sagte ich zu mir selbst „dann wird er mir schon sagen, was er von mir möchte". Nun das machte er in der Tat.

In einfachen aber bestimmten Worten machte mir mein Ausbilder verständlich, dass ich nach Ende meiner Berufsausbildung nicht mehr in das Gehaltsgefüge des kleinen Ladens passen würde. „Sie werden schlichtweg zu teuer". Was ich verständlicherweise absolut gegensätzlich sah. Hatte ich doch im Vorfeld schon häufiger darüber nachgedacht, wie ich Herrn Hundertmark von mehr Gehalt für mich überzeugen könnte. Dass sich dieses Thema in diesem Augenblick in Luft aufgelöst hatte, begriff ich erst nach und nach. Zu sehr hallte das „...und so müssen wir uns leider von ihnen trennen" in mir nach.

Doch ich wäre nicht Paul Paul, wenn ich nicht bereits nach wenigen Stunden die Chancen aus dieser Kündigung gesehen hätte. Ganz sicher tat sich in Kürze eine neue, gewaltige Gelegenheit auf, dann würde ich so richtig durchstarten und der Welt zeigen, was in mir steckte. Ganz besonders Herrn Hundertmark, der eigentlich Herr Pfennigfuchser heißen sollte.

Da sagte mein Vater beim gemeinsamen Abendessen: „So ist das halt in der Marktwirtschaft. Da leistet man die ganze Zeit gute Arbeit und wenn man die Früchte seiner Arbeit ernten möchte, dann fliegt man. Undank ist der Welten Lohn!". Das hatte ich im Vorfeld des Abendessens ebenfalls genauso durchdacht. „Wie undankbar ist doch die Welt", war das Ergebnis, zu dem ich ziemlich desillusioniert und wütend kam. Sollten die doch schauen, wie sie klarkommen. Ganz ohne mich! Der Camembert und die drei Äpfel, die ich heute Morgen gekauft hatte, sollten das Letzte gewesen sein, was ich in diesem Laden jemals erworben hatte. Schließlich wollten die mich nicht mehr. Dann brauchte ich die auch nicht. So einfach war das.

„Aber es nutzt ja nichts im Zorn zurückzublicken. Wir müssen nach vorne schauen. Daher habe ich kurz vor dem Essen noch mit deinem Onkel Eberhardt gesprochen. Du weißt ja, dass er ein hohes Tier auf der Zeche ist. Und er meint, dass du dort gut aufgehoben sein würdest. Gutes Geld verdienen könntest du dort auch".

„Zeche? Meintest Du Bergbau? Verstehe ich dich da richtig? Ich soll unter der Erde rumbuddeln und damit meine Brötchen verdienen?", fragte ich meinen Vater vollkommen entsetzt. Da denkt man, dass es nicht schlimmer kommen kann. Aber kurze Zeit, nachdem man seine Kündigung erhalten hat, erhält man einen weiteren Tiefschlag. Ich und im Bergbau arbeiten. Da hätte ich ja auch Koch werden können. In der anschließenden Diskussion mit meinen Eltern brachte ich folglich eine Menge von Argumenten gegen eine mögliche Tätigkeit unter Tage vor. Jeder einzelne meine Einwände wurde von meinen Erzeugern mit schlafwandlerischer Sicherheit retourniert. Es schien fast so, als ob sie sich wochenlang auf diesen Abend vorbereitet hätten. Ich hatte nicht den Hauch einer Chance und sollte am nächsten Morgen direkt mit Onkel Eberhardt telefonieren.

Die folgende Nacht war mies, ganz mies, um genau zu sein. Jedes Mal, wenn ich gerade eingeschlafen war, viel ich in einen Traum, aus dem ich nach Luft schnappend wieder aufwachte. Im Deutsch-Leistungskurs auf dem Gymnasium hatten wir Edgar Allen Poe's *Lebendig begraben* gelesen. Nach dieser Nacht verstand ich die Ängste, denen der Hauptakteur dieser Erzählung ausgesetzt war. Nachdem ich mich gedanklich auf das Wort *Einstellungsstopp* konzentriert hatte, fiel ich schließlich kurz vor Morgengrauen in einen unruhigen Schlaf.

Entgegen meiner Gewohnheit, an freien Tagen bis zum Mittag zu schlafen, wurde ich trotz der kurzen Schlafphase bereits gegen sieben Uhr wach. An Schlaf war nicht mehr zu denken. Also stand ich auf. Vorfreude auf den vor mir liegenden Tag konnte ich nicht im Entferntesten ausmachen. Nackte Angst schnürte mir die Kehle zu, so dass mir selbst der morgendliche Kaffee nicht runter wollte.

Und da meine Mutter mich sehr genau beobachtete und augenscheinlich darauf wartete, dass ich ihren Bruder, meinen Onkel Eberhard anrief, wollte ich ihr den Gefallen tun und griff zum Telefonhörer. „Wir sollten uns auch einmal so ein neumodisches Telefon mit Tasten zulegen. Bei Herrn Trinkenschuh von der Garantia-Versicherung macht dieser Apparat richtig was her", dachte ich so, als ich Onkel Eberhards Nummer auf der Wählscheibe drehte. Insgeheim hoffte ich, dass mein Onkel am Vortag zu einer neunmonatigen Weltumsegelung aufgebrochen war. Vier Wochen Schwarzwald wäre auch noch ok gewesen. Aber stattdessen war er nach dem zweiten Klingeln am Telefon.

„Habt Ihr eigentlich immer noch einen Einstellungsstopp bei euch auf der Zeche?", fragte ich voller Hoffnung. Direkt mit der Tür ins Haus zu fallen, das hatte ich mir als Vorgehensweise für dieses Telefonat ausgedacht. Wenn Onkel Eberhard nun mit einem „Ja" geantwortet hätte, wäre dieser Kelch umgehend an mir vorüber gegangen.

„Ja, wir haben noch einen Einstellungsstopp, aber ich habe von deinem Pech gehört. Und kann bestimmt etwas für dich arrangieren. Ich bekomme dich schon auf *Niedriger Stollen* (Anm.: so hieß das Bergwerk) unter".

Moment! Woher wusste der Bruder meiner Mutter von meinem ganz persönlichen Pech? Wann hatten meine Eltern mit ihm gesprochen? „Hinterhältige Bande" dachte ich für mich und beschloss, diesen Umstand zu einem späteren Zeitpunkt einer genaueren Untersuchung zu unterziehen.

Der Rest des Telefonates ist schnell zusammengefasst, denn innerhalb weniger Minuten wusste ich, um welche Uhrzeit ich mich bei welchem Personalmenschen in welchem Büro einzufinden hatte. Mein Schicksal war besiegelt. Und ich hatte nicht die Spur einer Chance gehabt, darauf Einfluss nehmen zu können.

„Na, dann werde ich halt ein Maulwurf und grabe Löcher unter der Erde", sagte ich trotzig und resigniert beim Abendessen.

Ihnen drängt sich vielleicht der Eindruck auf, dass ich als Autor ein wenig phantasielos bin, weil die Gespräche zwischen meinen Eltern, den Menschen mit dem seltsamen Humor und mir, immer beim Abendessen erfolgten. Ich kann Ihnen versichern, dass dies nicht die Folge einer Art von Phantasielosigkeit meinerseits ist. Es war in der Tat vielmehr so, dass Gespräche zwischen meinen Eltern und mir, grundsätzlich während der Mahlzeiten zum Tagesende stattfanden. Nachdem wir in der Schule über das Mittelalter gesprochen hatten, verwendete ich für diese Art von Nahrungsaufnahme gelegentlich den Begriff *Inquistionsmahl*. Das macht es vielleicht ein wenig besser verständlich.

Der erste Arbeitstag näherte sich in Lichtgeschwindigkeit und schon stand ich am Pförtnerhäuschen der Schachtanlage *Niedriger Stollen*. Kurze Zeit später fand ich mich im Büro eines Personalmenschen wieder. Wiederum nur Minuten später drückte man mir einen riesigen Stapel mit Arbeitskleidung inklusive Schutzhelm in die Hand. „Das zieh' mal an und dann kommste nach da hinten", sagte der Mann namens Erwin Erdmann, der mich einweisen sollte und zeigte mit dem Finger auf den Schacht.

„Hier geht es jetzt 600 Meter senkrecht in die Tiefe. Also nicht reinhüpfen. Da fliegste ziemlich lange", sagte mein Einweiser, den alle nur das *Erdmännchen* nannten, zu mir. War Erdmännchen eigentlich nicht klar, dass zwischen unseren Füßen und dem Schachtboden, oder wie man das da tief unter uns auch noch nannte, nur eine dünne Stahlplatte war? Und zu allem Überfluss hing dieses Konstrukt, das nicht wirklich viel Vertrauen in die Stabilität vermittelte, an einem armdünnen Seil. Ein Seilchen quasi. Und daran rauschte man die sechshundert Meter in einem Affentempo hinunter. Ich fand keinen Punkt, der für das Besteigen des Aufzuges sprach. Dagegen hätte ich jedoch schier unendliche viele Argumente vorbringen können. Aber es half alles nichts, rein in den Korb, so nannte man den Aufzug, Augen zu und ab nach unten. Ich hätte nie gedacht, dass dieser Höllentrip, im Bergbau auch als Seilfahrt bezeichnet, einmal so selbstverständlich wie Fahrradfahren für mich werden würde. „Man gewöhnt sich an alles", sagte meine Mutter auch immer, wenn sie meinen Vater ein wenig aufziehen wollte.

Werte schaffen – Hausbau

Das Sprichwort mit dem Wortlaut *Schaffe, schaffe, Häusle baue* deutete ich als Nordrhein-Westfale früher anders, als die Volksgruppe der Schwaben, aus deren Mitte dieser Leitspruch seinen Ursprung hat. Ich hatte mich nämlich der Devise verschrieben, möglichst viel zu schaffen. Also möglichst viel zu erreichen. So verstand man sich im Gebiet nördlich des Mains. Die Schwaben hingegen verstehen unter *Schaffen*, das Arbeiten. Stellt man die beiden Bedeutungen ein und derselben Begrifflichkeit nebeneinander, wird auch dem unbeteiligten Leser sehr schnell klar, wo damals mein Gedankenfehler lag.

Ich hatte bereits ein paar Jahre im Bergbau gearbeitet, war viele Male mit dem Schachtaufzug, dem Korb, in die Tiefe gerast und auch wieder nach oben katapultiert worden. Für mich gehörten diese Irrsinnsfahrten genau so zum Alltag wie Lärm, Schmutz, Hitze und Kälte bei der Arbeit unter Tage. Nach einer beruflichen Weiterbildung und damit verbundenem Aufstieg pendelte sich auch mein Einkommen auf einer Ebene ein, die ich immer zu erreichen gehofft hatte. „Wer gut ist, der schafft auch was", das hatte ich ja schon ganz zu Beginn meines Berufslebens festgestellt. Das *Schaffen* war in diesem Zusammenhang immer mit *das schaffst du* zu verstehen gewesen. Erst in späteren Jahren sollte ich einen

Kontakt zu Menschen aufnehmen, die sich vornehmlich im Süden unserer Republik aufhalten. Diesem Umstand habe ich zu verdanken, dass mir mittlerweile der wahre Hintergrund zum Leitspruch *Schaffe, schaffe, Häusle baue* geläufig ist. Obwohl ich dessen ursprüngliche Bedeutung nicht teilen kann. Da passt mein persönliches Verständnis auch heute noch wesentlich besser in mein Weltbild.

Aber wieder zurück zum Anfang dieses Kapitels. Ich verdiente also nicht schlecht und kam irgendwann zu der Erkenntnis, dass es sicher nicht von Nachteil sein dürfte, wenn ich mir ein Häuschen zulegen würde. Zum einen musste das Geld, das man so verdiente auch sinnvoll angelegt werden und zum anderen machte es ja auch Sinn, eine Versicherung fürs Alter zu haben. Nebenbei war es auch noch ganz schick, ein Haus zu haben. Sowas erhöhte das Ansehen bei den Mitmenschen und bei der Bank bot man einem sogar einen Kaffee an. Mit der Unterschrift unter Kauf- und Notarvertrag war man plötzlich wer. Damals dachte ich noch, dass ein Hausbesitzer eine besonders geachtete Kundenklientel bei Banken und Sparkassen sei. Na ja, man lernt nie aus und auch diese Erkenntnis hat mir das Leben in Zukunft noch häufiger bewiesen.

Schon wieder schweife ich ab. Bitte entschuldigen Sie! Ich werde mir Mühe geben, dies zu vermeiden. Wo war ich noch? Ach ja, beim Hauskauf. Ich kaufte also ein Haus. Ein gutes Angebot. Ein wirklich gutes Angebot, das ich nicht ausschlagen konnte. Ich musste einfach zusagen und das Haus nebst Grundstück zu einem wahrlich guten Preis erwerben. Herr Manfred Monetus-Schippenstiel von der *Zins & Zinseszins Bank* (ZZZB) sagte bei der Vertragsunterzeichnung: „Herr Paul, da haben sie aber ein Schnäppchen gemacht. Denken Sie daran, dass wir immer für Sie da sind." Diesen letzten Satz hätte ich mir schriftlich geben lassen sollen. Aber wer denkt schon beim Hauskauf an solche Details?

Wenn ich gewusst hätte, wie viel Arbeit es bedeutet, ein Haus zu besitzen, ganz besonders aber auch zu bauen, ich hätte alle meine Rentenpläne und Wünsche, etwas Besonderes bei Bank und Kasse zu sein, über Bord geworfen und wäre Mieter einer schicken Wohnung geblieben. Sie, liebe Leserin, lieber Leser, kennen meinen Werdegang. Ich taugte vielleicht zum Geisteswissenschaftler. Das Handwerk war mir fremd und letztlich arbeitete ich im Bergbau, der mit Filigranität so viel gemein hat, wie eine Kuh mit dem Eierlegen. Ich war also denkbar ungeeignet, ein Haus zu bauen. Mir fehlten handwerkliches Geschick und das erforderliche Feingefühl.

Dennoch machte ich mich ans Werk und begann frohen Mutes, die Deckenverkleidung beziehungsweise deren Unterkonstruktion anzubringen. Überkopf-Arbeit war ich gewohnt. Ich sage nur *Bergbau*. Jedoch waren alle Werkzeuge und Hilfsmittel deutlich kleiner und anfälliger. Und auch die verwendeten Materialen waren weitaus empfindlicher und feiner. So kam es, dass die Decke zwar an der entsprechenden Betonschicht des Hauses angebracht war, es aber an der erforderlichen Genauigkeit und Eleganz fehlte. Hier war ein Spalt etwas zu groß, dort riss das Holz, weil es zu sehr unter Spannung war. Das sollte im ganzen Haus so sein. Überall dort, wo ich selbst Hand angelegt hatte, um mich selbst zu verwirklichen und auch jede Menge Geld zu sparen.

So kam es, dass ich ein Haus besaß, das fertiggestellt war, aber gleichzeitig nie so richtig fertig wurde. Zu diesem Zeitpunkt jedoch war ich einfach nur stolz auf mein Häusle. Stolz, auf das, was ich selbst geschafft hatte. Und das war eine Menge. Auch wenn es besser hätte sein können, war ich zufrieden. *Schaffe, schaffe, Häusle bauen.* Ich hatte es geschafft.

Einfamilienhäuser haben die Eigenart, dass sie nicht nur als Altersvorsorge dienen, sondern auch als Bindeglied unter Hauseigentümern gelten. So wie Hundebesitzer beim Gassigehen mit anderen Hundehaltern ins Gespräch kommen, haben auch Eigenheimbesitzer immer ein offenes Ohr und ein Gesprächsthema. So kam es, dass auch ich mit immer mehr Nachbarn ins Gespräch kam.

„Hast Du einen Vorschlaghammer für mich?".

„Wie hast Du Deine Garageneinfahrt gepflastert?". Das waren die Einstandsfragen. Die ersten Annäherungsversuche unter uns Hausbesitzern sozusagen. Über diese und ähnliche Fragen kam man ins Gespräch. Später sollten erste persönliche Informationen hinzukommen und die Gespräche länger werden. So wurde man von der Gemeinschaft absorbiert und Teil derselben.

Der erste gemeinsame Grillabend in der neuen Siedlung war dann auch die logische Konsequenz. Es gab eine Menge Salate, die hauptsächlich von den Frauen aus der Nachbarschaft zubereitet worden waren. Das Grillgut, die Kohle, die Grills und die Getränke wurden *natürlich* von den Männern besorgt. Einem feucht fröhlichen Männerabend mit weiblichen Salaten konnte also nichts im Wege stehen.

Der Abend an sich verlief auch vollkommen unspektakulär. Eigentlich so, wie jedes Grillfest unter Nachbarn in Deutschland. Zunächst saßen alle in kleinen Grüppchen, in erster Linie immer die unmittelbaren Nachbarn zusammen und unterhielten sich. Mit fortschreitender Abendstunde sanken die Hemmschwellen, nicht zuletzt auch, weil der Alkoholspiegel unproportional stark anstieg.

So kam es, dass Greta Grünspan und ihr Mann Gernot einen heißen Tanz auf dem Gartentisch von Nachbar Wolfgang Weber (es gibt sie noch, die Menschen mit den langweiligen Namen) vorführte. Hilde

Hundertmark, eine entfernte Verwandte meines damaligen Chefs Wilmar Hundertmark, schaffte es nicht mehr rechtzeitig zur Toilette. So war sie gezwungen, drei Grillwürstchen, ein Steak, drei Caipirinha, zwei Pina Colada und zwei Hugo in den neu gepflanzten Rhododendron von Blumenliebhaber Florian Frauenschuh zu legen. Was Florian Frauenschuh so erboste, dass er Hilde Hundertmark eine Schnapsdrossel nannte. Das wiederum konnte und wollte Heinz Hundertmark, der Ehemann von Hilde nicht auf sich beruhen lassen.

„Statt auf anderer Leute Frauen herumzuhacken, solltest Du lieber mal auf Deine Holde aufpassen."

„Was willst Du damit sagen, Mann einer Trinkerin?"

„Ist Dir eigentlich aufgefallen, was Deine Viola den lieben langen Tag so alles treibt? Sie soll sich ja häufiger ein Ei oder etwas Mehl für einen Kuchen bei Nachbar Kimmo Holtimainnen auszuleihen."

Den Dialog an dieser Stelle weiter wiederzugeben, würde zum einen den Rahmen sprengen und zum anderen mit der Beschreibung von Gewaltszenen einhergehen.

Daher wenden wir uns zwecks Abrundung der Darstellung gemeinschaftlicher und nachbarschaftlicher Aktivitäten dem Tag nach dem Grillfest zu.

Hilde Hundertmark war an diesem Tag nach dem Grillfest nicht zu sehen. Gerüchten zufolge lag sie zu-

sammengekauert in ihrer Gästetoilette und soll ernsthaft in Erwägung gezogen haben, aus dem Leben
scheiden zu wollen.

Florian Frauenschuh verbrachte die folgenden
sechs Tage im Krankenhaus. Nicht etwa, weil Heinz
Hundertmark so fest zugeschlagen hätte. Sondern
vielmehr, weil Florian beim Versuch, seinen Rhododendron zu säubern und bedingt durch den
abendlichen Alkoholkonsum, kopfüber in seinen geliebten Zierstrauch kippte. Dabei rammte er sich einen Zweig ins Auge, was sich innerhalb weniger Minuten vollkommen schloss. Und als ob dies nicht reichen sollte, schlug er mit dem Hinterkopf auf dem
Findling auf, den er unglücklicherweise direkt neben
seinem Pflänzchen platziert hatte. Eine große Platz-
wunde war die Konsequenz und ein Besuch im Krankenhaus angesagt

Wolfgang Weber, den Mann mit dem betanzten
Tisch, traf es besonders hart. Als dieser zu seiner Frau
sagte, dass ihm die Spontanität in ihrer Beziehung
fehle und er liebend gerne auch einmal mit seiner an-
getrauten Wilhelmine auf dem Tisch tanzen wolle,
antwortete diese ihm: „Weißt Du was? Du kannst ab
sofort mit den Mäusen auf dem Tisch tanzen. Ich
gehe zu meiner Mutter, du Perversling, du."

Kimmo Holtimainnen, der freundliche finnische
Nachbar, war der einzige, der diesen Grillabend un-
beschadet überstand. Er lieh der Frau von Florian
Frauenschuh auch in Zukunft diverse Zutaten für ihr

Backwerk und den anderen Frauen aus der Nachbarschaft, was diese so begehrten.

Sie sehen, wenn man all die Widrigkeiten beim Hauskauf, dem Aus- und Umbau sowie in der Nachbarschaft übersteht, dann, aber nur dann, kann man auch ein glücklicher Eigenheimbesitzer sein.

Werte auflösen - Hausverkauf

Etwas Neues musste geschehen. Das Leben im Kleinstadtmief war nichts für mich. Was lag also näher, als meine Rentenpläne neu zu überdenken? Das Ergebnis dieser Überlegungen war überraschend und dennoch konsequent. Denn ich kam zu dem Schluss, mein geliebtes Häuschen zu verkaufen. Denn - Kimmo Holtimainnen war immer noch der größte Verleiher in der Straße. Florian Frauenschuh hatte mittlerweile eine ganze Hecke von Rhododendren gepflanzt und Hilde Hundertmark durfte selbstverständlich nicht in deren Nähe. Die Webers waren weggezogen. Getrennt wie man munkelte. In das Haus der Webers waren Leute gezogen, die sich seltsam kleideten und fast nur nachts aus dem Haus kamen. Man mied diese. Waren sie doch fremdartig und unheimlich. Warum das so war? Niemand konnte das begründen. Fremde halt. Alles in allem war die Gegend um mein Häuschen seit dem Grillfest nicht mehr dieselbe. Es hatte sich *ausgenachbart*. Jeder ging seiner eigenen Wege.

Da ich ohnehin nicht in diese *Kleinstadtidylle* passte, dachte ich mir, dass es doch schick sein müsste, wenn ich etwas anderes machen würde. Wo anders wohne, wo anders arbeiten. Auf der Arbeit lief es damals auch nicht so besonders. Anders als vorgestellt, denn ich hatte seit Kurzem einen neuen Vorgesetzen. Volker Vorturner, so hieß der gute Mann, der alles besser wusste. Er konnte auch alles besser. Er war einfach besser als ich. So zumindest seine bescheidene Selbsteinschätzung. Doch da war er bei mir an den Falschen geraten. Schließlich war ich zu Höherem berufen und das musste man ihm klarmachen. „Wir sollten einmal reden", sagte ich während der *Butterpause* (Essen unter Tage) zu ihm. „Du hast meinen Job. Und das, obwohl ich dafür weitaus besser geeignet bin als du. Findest du das fair?". Auf die Antwort vom Vorturner will ich nicht im Detail eingehen. Meine Mutter hat mich zu einem freundlichen und netten Mann erzogen. Beleidigungen und Schimpfworte nehme ich nicht in den Mund.

Ich kam also zu dem Ergebnis, mein Häuschen zu verkaufen. Damals gab es noch kein Internet und daher war ich gezwungen, einen Makler mit dem Hausverkauf zu beauftragen. Doch welcher war da der richtige? Gute Frage. „Nehme ich doch den von der *Zins & Zinseszins* Bank." Mein netter Berater von besagter Bank, Herr Manfred Monetus-Schippenstiel, empfahl mir ein wenig pikiert, weil er mich für undankbar hielt, den Kollegen Siegfried Scherbel. Seines Zeichens Mitarbeiter der Immobilienabteilung der *Zins & Zinseszins* Bank. Herr Scherbel war auch umgehend bereit, einen Besichtigungstermin zwecks Taxierung und Vertragsabschluss zu vereinbaren. „Am 29. des Monats, nachmittags um 15 Uhr, da habe ich ein freies Zeitfenster von etwa einer Stunde", sagte er mir am Telefon. „Wow, der muss aber gut sein, wenn er einen Termin erst in drei Wochen anbieten kann", dachte ich.

Herr Scherbel kam natürlich nicht um 15 Uhr, sondern eine knappe halbe Stunde später. „Entschuldigen Sie, aber ich hatte einen schwierigen Kunden, der eine Hütte von Haus zu einem Preis für ein Schloss verkaufen wollte". Dabei schaute er mich taxierend an. Wahrscheinlich in der Hoffnung, erkennen zu können, ob ich ebenfalls ein durchgeknallter Spinner war. „Herr Scherbel, sie sollen mein Haus taxieren und nicht mich", wollte ich gerade sagen, als er meine Hand, die ich ihm zur Begrüßung gereicht hatte, losließ und „Dann wollen wir uns ihr Schätzchen einmal anschauen und sehen, was wir für sie rausholen können", sagte er in viel zu jovialem Tonfall. *Rausholen können* – klang so ein seriöser Makler? Ein Hauskäufer würde ich bei ihm auf jeden Fall nicht sein wollen. Soviel stand schon mal fest.

Die Besichtigung dauerte deutlich mehr als die avisierte Stunde. Das lag zum einen an den vielen Fragen, die Herr Scherbel so stellte. Zum anderen aber auch an seinen Hinweisen zum Zustand des Hauses. „Da war aber ein Dilettant am Werk. Den Handwerker, der diese Decke montiert hat, den hätte ich aber vor die Tür gesetzt". Ich hielt es für angebracht, diesen Kommentar zu ignorieren.

„Die Fliesen hier im Bad. Welche Großmutter mit Sehschaden hat die denn geklebt? Mannomann, da muss aber Einer einen Knick in der Optik gehabt haben. Reif für's Guinnessbuch, sage ich nur". Diesen Hinweis von Herrn Scherbel stufte ich ebenfalls als nicht kommentarwürdig ein.

Dann sagte er aber: „Sie waren viel zu einsichtig mit Ihren Handwerkern. Sehen Sie sich diese Terrassenüberdachung an. So was von windschief und instabil. Da muss man ja Angst haben, dass sich eine Fliege daraufsetzt. Könnte dann glatt zusammenfallen das Teil". Hin- und hergerissen zwischen Wut und *Augen-zu-und-durch*-Mentalität murmelte ich quasi als Entschuldigung: „Das war mein erstes Haus. Man lernt ja nie aus."

Er schien diese Aussage auch als Entschuldigung verstanden zu haben und sagte nur: „Tja, das passiert leider immer wieder. Die Handwerker liefern absolut miese Arbeit ab und die Häuslebauer bleiben auf dem Schaden sitzen, weil sie einfach zu gutgläubig sind." Nach einem kurzen Augenblick ergänzte er noch: „Sollten Sie noch einmal ein Haus bauen, versuchen Sie sich doch einfach selbst. Viele Dinge sind viel einfacher, als man denkt. Eine Deckenverkleidung zum Beispiel."

„Wenn der wüsste", dachte ich nur und brachte den Rest des Termins in gespielter Gelassenheit, im Innern aber tief aufgewühlt, zu Ende. Der Scherbel sollte mein Haus ja nur zu einem guten Preis verkaufen. Heiraten wollte ich den ganz bestimmt nicht.

Einige Wochen später waren dann endlich die richtigen Käufer gefunden. Ein junges Paar, das so manche Veränderung im Haus beabsichtigte. Das aber von der Substanz der Immobilie überzeugt war. Nach dem Notartermin fuhren wir zur Schlüsselübergabe. Ich stellte mich auf einen wehleidigen Abschied von meiner Altersvorsorge ein. Als aber die neuen Besitzer Elfie und Eugen Einweg meinten: „Sie waren wirklich zu gutmütig zu den Handwerkern. Denen hätten sie damals keinen Pfennig zahlen dürfen", wollte ich nur noch raus und dieses Kapitel hinter mich lassen. Ich murmelte ein „Ich wünsche Ihnen alles Gute hier in diesem Haus" und verschwand ganz schnell in Richtung meines Autos. Die Einwegs glaubten damals, dass es mir schwerfiel, das geliebte Haus zu verlassen. Gut, lassen wir sie in diesem Glauben. Einen Teich wollten sie nämlich auch anlegen. Aber spätestens wenn sie den ganzen Bauschutt unter der Grasnarbe finden würden, dürften Sie kein Mitleid mehr mit mir haben.

Neue Heimat – Bei Peter&Paul

Nach dem Hausverkauf ist vor der Wohnungssuche. Mir war ein gravierender Fehler in meinen Planungen zu meinem gegenwärtigen und dem zukünftigen Domizil unterlaufen. Ich hatte mich ganz auf den Verkauf des Hauses konzentriert, und zwar so sehr, dass ich es vollkommen vergessen hatte, mich um ein neues Heim zu kümmern. Meine Möbel und den anderen Kram hatte ich kurzerhand bei meinen Eltern zwischengelagert. Genau dorthin musste ich nun auch. In meinem alten Jugendzimmer in einem grünen Bett, mit großblumiger, grüner Tapete und grünem Teppichboden hatte ich mein vorübergehendes Zuhause gefunden. Und jedes Mal, wenn ich mich auf dem Rücken liegend umschaute, sah ich auf alte Poster von *Status Quo* und *Uriah Heep* aus meinen Jugendzeitschriften. Nicht mehr ganz so das Ambiente eines Mit-Dreißigers. Insbesondere mit Hinblick auf zukünftig geplante Besuche der Spezies Frau. Diesen Aspekt genauer betrachtet, bedurfte es eines Tapetenwechsels. Eines umgehenden Tapetenwechsels. So ich nicht auf unabsehbare Zeit ein Single bleiben wollte.

Warum sollte ich nicht einen richtigen Umbruch in meinem Leben wagen und einen neuen Job an einem ganz anderen Ort versuchen? Am besten dort, wo andere Menschen Urlaub machen. Am Meer! Das war der erste Gedanke, der mir in den Kopf schoss. „Ich werde ans Meer ziehen", sagte ich, Sie werden es bereits erraten haben, beim Abendessen zu meinen Eltern.

„Ans Meer, aha", das war die einzige Reaktion, die ich ihnen entlocken konnte. Mit dem Wissen von heute muss ich gestehen, dass ich das sehr gut verstehen kann. Hatte ich meinen Lieben doch im Vorfeld schon so manche schlaflose Nacht bereitet. Aber damals verstand ich sie nicht und fragte mich nur, warum sie sich nicht mit mir freuen würden.

Ein Mann muss aber tun, was ein Mann tun muss. Und so machte ich mich auf die Suche nach Wohnung und Job am Meer. Auch zu dieser Zeit gab es immer noch so gut wie kein Internet. Entsprechend schwierig gestaltete sich die Suche, aber diese widrige Situation konnte mich nicht entmutigen. Ein kurzer Anruf bei Peter, meinem Busenfreund, und am nächsten Tag waren wir auf der Autobahn nach Norden unterwegs.

„Wo willst du denn hin? Und was suchen wir eigentlich?", fragte mich mein bester Freund nach fast zweihundert Kilometern Fahrstrecke. Das war noch ein richtiger Freund. Ein Mann, mit dem man ans Ende der Welt fahren konnte. „Ich denke mal wir fahren an die, ähm, Nordsee. Ja, an die Nordseeküste. Dort angekommen schauen wir uns dann um, was es beruflich so im Angebot gibt". Immerhin hatten wir nun einen Plan!

In einem Ort, dessen Name mir immer wieder entfallen sollte, der aber mit *Siel* endete, hielten wir an, weil die Straße zu Ende war und es nur noch mit der Fähre weiterging. Das war bestimmt das Zeichen, auf das ich die ganze Fahrt über gewartet hatte. Wir parkten unser Auto auf einem teuren öffentlichen Parkplatz und machten uns zu Fuß auf die Suche nach DER Chance.

Direkt an der Kaimauer hing ein Schild „Helfer für Krabbenkutter gesucht". „Du magst die Dinger doch so gern. Wäre das nichts für Dich?", fragte Peter mich. Ich war mir ehrlich gesagt nicht sicher, ob er seine Frage ernst gemeint hatte oder er mich einfach nur nerven wollte.

In der ersten Seitenstraße stand ein großes Backsteinhaus. „Erdgeschoß und zwei Obergeschosse, in denen es sich hervorragend leben lässt", hörte ich Herrn Scherbel, meinen Makler, im Geiste sagen. Aber er sollte recht haben. Im Erdgeschoß war eine Kneipe, die zu verpachten war. Die darüber befindliche Wohnung war für den Pächter der gastronomischen Einrichtung vorgesehen. Darüber wohnte ein junges Ehepaar. Der Sohn des ortsansässigen Metzgers und seine Lebensgefährtin. Wie wir von einer netten Nachbarin erfuhren. „Sandra Sanddorn", stellte sie sich vor und begann mit den Ausführungen über die Immobilie. Frau Sanddorn war es auch, die in unserem Namen den Ansprechpartner für Interessenten anrief.

Herr Boy, der auf den Vornamen Billy hörte, hätte am nächsten Tag Zeit für uns. Und wir könnten sehr gerne bei ihr übernachten. Sei doch ihr Mann vor ein paar Jahren gestorben und sie für ein wenig Besuch sehr dankbar, teilte uns Frau Sanddorn redselig mit. Peter und ich schauten uns an. Warum eigentlich nicht? Eine preisgünstige Übernachtung mit der Möglichkeit, mehr über Land und Leute zu erfahren. Wahrscheinlich wusste sie auch einiges über das Lokal. Konnte ja nicht schaden, ein paar Infos vor dem Treffen mit Herrn Boy zu erhalten.

Beim Abendessen, das aus Matjessalat, Krabbenbrötchen, Rollmops und Schweinshaxe bestand, sagte Sandra (sie hatte uns vorher schon das „Du" angeboten) zu uns: „Ich würde mich freuen, wenn ihr zwei beide das *Moin Moin* übernehmen würdet. Da käme endlich etwas Leben in diesen Ort. Dass ihr ein Paar seid, müsst ihr ja zumindest anfangs nicht an die große Glocke hängen. Mit der Zeit gewöhnen sich die hier ansässigen Stoffel schon daran."

Wir brachten an diesem Abend hunderte, wenn nicht gar tausende Gründe vor, warum wir beide nichts vom gleichen Geschlecht wollten. Aber Sandra Sanddorn hielt ungeachtet unserer Bemühungen an ihrer Einschätzung fest.

„Warum eigentlich nicht?", fragte Peter eher sich selbst. „Du hast recht", antwortete ich ihm. „Du suchst einen Job. Ich suche einen Job. Lass uns das Ding gemeinsam zu der Top-Location an der Küste machen". Da war sie. Unsere Chance. Wir mussten nur noch zugreifen.

Herr Boy kam, im Gegensatz zu Herrn Scherbel, überaus pünktlich zur Besichtigung des Lokals. Die Blicke, die Sandra und er sich heimlich zuwarfen, ignorierten wir wissentlich. Sollte er doch ruhig glauben, dass Peter und ich… Irgendwie war die Situation auch belustigend und so beschlossen wir, mitzuspielen.

Schnell waren wir uns mit Billy Boy einig und wir verabredeten, den Vertrag noch am nächsten Tag zu unterschreiben. Die Schlüssel für die Pächterwohnung erhielten wir schon vorab. So konnten wir in unseren Schlafsäcken und in der eigenen neuen Wohnung, aber ohne Sandra, vollkommen euphorisiert übernachten.

In den folgenden Tagen hatten wir jede Menge zu tun. All die organisatorischen Dinge mussten erledigt werden. Putzen mussten wir auch noch. Es hatte sich in der Zeit des Stillstands eine Menge Staub angesammelt. Und so kam es, dass die Zeit bis zur geplanten Eröffnung des *Moin Moin* wie im Fluge verging.

Und eines Abends beim Bier sagte Peter zu mir: „Was hältst du von *Bei Peter und Paul?*" Und ohne ein weiteres Wort darüber zu verlieren, hatten wir den

Namen für unser Lokal gefunden. Ohne aber nicht im Geringsten zu ahnen, was wir mit dieser Namensänderung verursachen sollten.

In den letzten Tagen vor der Eröffnung beunruhigte uns am meisten, dass wir absolut nicht wussten, was wir vom ersten Tag erwarten sollten. Ein weiteres Problem war, dass die einzige Erfahrung, die wir in der Gastronomie hatten, von jenseits des Tresens kam. Aber ich war ja Kaufmann und ohnehin in der Lage, komplexe Sachverhalte schnell und präzise zu erfassen. Hier ein Gläschen zapfen, dort einen Cocktail mixen und fertig war der Gastwirt. Sandra, unsere Erstbekanntschaft im Ort, war uns zudem eine wirkliche Hilfe. Sie hatte schon häufiger in der Gastroszene gearbeitet und auch das *Bei Peter und Paul*, vormals *Moin Moin* war ihr nicht unbekannt. Letztlich konnten wir also frohen Mutes und voller Zuversicht in den Tag der Eröffnung des *Bei Peter und Paul* starten.

Auf den Plakaten und Handzetteln, die wir verteilt hatten, stand

> *Bei Peter und Paul*
> Eröffnung am 5. Mai um 12:00 Uhr
> Am Eröffnungstag jedes Bier und jeder Kurze
> nur 1 Mark

Also öffneten wir um 11:55 Uhr zum ersten Mal die Pforten unserer neuen vielsprechenden Zukunft. Um 14 Uhr war aber noch nicht ein Gast in unserem Lokal erschienen und die Schnittchen, die wir mit viel Sorgfalt und Kreativität zubereitet hatten, begannen bereits, sich an den Seiten aufzurollen. Käse und Aufschnitt veränderten zudem ihre Farbe und auch die Konsistenz.

Was war nur los? Warum kam niemand? War das der falsche Standort? Oder waren wir die Falschen, weil wir nicht aus dem Ort mit *Siel* kamen?

Aber plötzlich gegen 15 Uhr erschienen die ersten Gäste. Eine ganze Gruppe von älteren Damen und Herren. Alle strahlten eine gewisse Ruhe aus und bestellten fast ausschließlich Kaffee oder Tee. Nur zwei Damen wünschten Wasser und einer der wenigen Herren, „Benedict Beinhardt" stellte er sich später vor, wollte ein Bier. „Aber ein kleines, bitte!"

Kurze Zeit später viel Sandra ein, dass der Pfarrer für den 5. Mai um 12 Uhr zur großen Gemeindeversammlung geladen hatte. Dieses Event fand einmal jährlich statt. Und zwar immer am ersten Donnerstag im Mai. Auf die Frage, warum anschließend fast die gesamte Gemeinde zu uns ins *Bei Peter und Paul* gekommen sei, erhielten wir nur zur Antwort: „Peter und Paul, bei dem Namen. Da muss man als guter Christ doch hingehen".

„Da hast du aber mal wieder eine tolle Idee gehabt", sagte ich nach Geschäftsschluss beim Feierabendbierchen zu Peter. „Diese Idee hat uns eine treue und feste Stammkundschaft eingebracht. Das ist Gold wert". - Wir stießen an, beglückwünschten uns zu der tollen Idee und dem Dusel, den wir mit Job und Wohnung gehabt hatten.

In der ersten Zeit war unser *Bei Peter und Paul* zwar keine Goldgrube, aber ein paar Nuggets warf es schon ab. Wir wurden halt nur noch nicht reich. Jedoch war es nur eine Frage der Zeit, dass noch mehr Gäste, außer dem Kirchenkreis, unser Lokal besuchten.

Was in der Tat auch geschah. Die freiwillige Feuerwehr suchte bei uns ein neues *Feuerwehrheim* und wurde selbstverständlich fündig. Der lokale Verein der *Briefmarkenfreunde Nordwestliche Nordseeküste* wollte seine Briefmarkentauschbörse in unserem windgeschützten Saal durchführen und buchte für die nächsten zwei Jahre insgesamt zwölf Termine. Der eine oder andere Dorfbewohner ging den Weg aller Menschen und der, die Beisetzung abschließende Leichenschmaus, sollte auch nicht unter freiem Himmel stattfinden. Da die Briefmarkenfreunde ihre Alben nach jeder Tauschbörse mit nach Hause nahmen, konnte so unser windgeschützter Saal der Trauergemeinde als Herberge dienen.

Ja sogar der örtliche Motorrad-Club *MCHW* (Motorrad Club Hot Wheels) fragte an, ob er seine Vereinssitzungen bei uns durchführen dürfe. In Absprache mit dem Häkelkreis von Hannelore Haken und Naomi Nadelkissen konnten die Motorrad-Jungs sich bei uns treffen. Nur einmal kam es zu einer kleinen Meinungsverschiedenheit, weil Naomi Nadelkissen sich im Termin geirrt hatte und den MCHW-Vorsitzenden Mustafa Muschelknautz vor die Tür setzen wollte. Nur durch das beherzte Eingreifen von Peter, ließ sich die 1 Meter fünfzig kurze Häkeldame davon abhalten, den zwei Meter großen und 120 kg schweren Mustafa anzugreifen.

Lediglich der Fußballverein *Blau-Gelb Zwietracht* (*Blau-Gelb* stand nicht für Himmel und Strand, sondern für Feiern und den Mond) wollte nicht so recht zu uns übersiedeln. Es war auch zunächst nicht herauszufinden, warum die Jungs sich dermaßen sträubten, bei uns zu tagen. Dafür meldeten sich aber sogar die *Landfrauen, Gemarkung Nordseeküste westlicher Teil*, bei uns. Sie wollten ihre Teilnahme an den regelmäßigen Sitzungen der Kreisbauernschaft vorbereiten, denn Siglinde Schachtelhalm musste auf diesen Sitzungen einen fünfminütigen Rechenschaftsbericht vorstellen, den die Damen aus der Agrarbranche zuvor zu erstellen hatten. Die Kneipe war im Laufe der Zeit wirklich ein richtig gutes Geschäft geworden.

Einige Monate vergingen. Wir wurden immer erfolgreicher und erhielten mehr und mehr Gäste. Bis wir eines Tages einen *Bei Peter und Paul-Tag* veranstalteten. Wir hatten den Gedanken zu diesem Motto, weil unser erster Jahrestag anstand. Zu diesem Anlass wollten wir unseren treuen Gästen etwas Besonderes bieten. Das kündigten wir entsprechend laut, aber auch geheimnisvoll an. Auf die vielen Fragen, was wir uns denn hätten einfallen lassen, gaben wir nur ausweichende oder gar keine Antwort. „Lasst Euch doch einfach überraschen", war unsere häufigste Aussage. Und wie wir überrascht wurden. Wir am allermeisten.

Unsere liebe Nachbarin Sandra Sanddorn hatte, um uns eine Überraschung zu bereiten, eine Anzeige in der Zeitung aufgegeben. Der Text lautete wie folgt:

Peter und Paul, die Wirte des
Bei Peter und Paul
bedanken sich
bei all Ihren Gästen für deren Treue.
Aus Anlass des einjährigen Bestehens ihres
Lokals laden sie alle Leser zu einem
Freigetränk in ihrer Kneipe ein.

Leider hatte Sandra, die es wirklich gut gemeint hatte, die falsche, weil überregionale Zeitung erwischt. Am besagten Jubiläumstag erschienen 25.000 Menschen und verlangten nach Freibier. Was wir in einem Jahr verdient hatten, war so an einem Tag wieder weg. Bei der regionalen Ausgabe wären hingegen nur 250 Menschen erreicht worden.

So haben kleine Fehler immer wieder große Folgen. Leider auch in diesem Fall. Was letztlich dazu führte, dass wir uns mal wieder nach einem neuen Betätigungsfeld umschauen mussten.

Doppelter Boden – Heimat 2.0

Wie schnell ein Traum platzen kann, bewiesen uns die Geschehnisse rund um das *Bei Peter und Paul*. Wir standen vor den Trümmern unseres Erfolgs. Der Mangel an liquiden Mitteln und einige offene Rechnungen schränkten unseren Handlungsspielraum deutlich ein. Sandra Sanddorn, die uns, nicht zuletzt aus berechtigten Schuldgefühlen, half, wo sie nur konnte, wollten wir nicht länger zur Last fallen. Eine Lösung unserer Probleme musste her. Doch woher nehmen und nicht stehlen?

Eines Abends nahm ich all meinen Mut zusammen und rief bei meinen Eltern an. Ich erreichte sie, einer unausgesprochenen Tradition folgend, während des Abendbrotes. „Na, wie es geht dir, mein Sohn?", fragte meine Mutter. „Wie geht's dir und eurem Laden?". Sie schien etwas zu ahnen. Ganz meine Mutter halt. Und dann sprudelte es aus mir heraus. Ich erzählte alles, was sich in den letzten Monaten, seit wir uns zum letzten Mal gesehen hatten, geschehen war. Als ich das meiste gebeichtet hatte, sagte sie nur: „Dann komm doch zurück in deine alte Heimat. Wir helfen und besorgen dir eine Wohnung. Nichts Großes natürlich, aber ein Dach über dem Kopf. Und wenn du dann hier bist, wird sich alles Weitere finden".

So einfach war das. Sofern man liebe Eltern hatte. Peter durfte ebenfalls auf die Hilfe seiner Eltern hoffen und so machten wir uns mit dem Notwendigsten verstaut in einem uralten, aber bezahlten Auto, auf den Weg in die alte, neue Heimat. Mit jedem Kilometer, den wir zurücklegten, kam auch meine Zuversicht wieder. Wir würden es schaffen. Wir würden einen Neustart hinlegen, den uns niemand zutrauen würde. Das sagte ich hinter dem Kreuz Lotte-Osnabrück auch zu Peter. Doch er sagte nur: „Lass mal stecken. Du meinst es gut. Aber ich habe noch eine Weile an unserer Niederlage zu knabbern und werde mich erst einmal bei meiner Mutter einquartieren. Dann einen Job suchen. Freunde bleiben wir auf jeden Fall. Aber Partner?". „Du musst es wissen. Wir bleiben Freunde, ja."

Ich lieferte Paul bei seiner Mutter ab. Wir verabschiedeten uns herzlich und ich fuhr zu der Adresse, die meine Eltern mir mitgeteilt hatten. *Hinter der Furche 1* lautete die Anschrift, in der sich mein neues Domizil befinden sollte. Aber alles, was ich dort vorfand, war eine Scheune. Eine uralte auch noch. Das konnte unmöglich meine neue Wohnung sein. Ich war schließlich kein armer Mann. Vorübergehend nur ein wenig knapp bei Kasse. Nun gut, anschauen schadet ja nichts. Schließlich wurde es auch noch dunkel und Regenwolken zogen zudem auf.

Die Immobilie versprach von außen nicht mehr, als sie von innen zu bieten hatte. Das war wirklich eine Scheune. Hier und da ein paar handwerklich nicht gerade geschickt gesetzte Trockenbauwände, eine Tür, zwei Fenster und fertig war die Wohnung.

Nicht gerade ein Schmuckstück, aber zugegebenermaßen preiswert. Sehr preiswert sogar, um genau zu sein. Und außerdem war sie ab heute meine Wohnung. Meine neue Heimat. Mit einem nicht erwarteten guten Gefühl legte ich mich auf das Bett, das meine Eltern schon aufgestellt hatten und fiel innerhalb kürzester Zeit in einen tiefen Schlaf.

America Online - Die große Liebe

Im Laufe der nächsten Tage und Wochen lebte ich mich in der neuen Wohnung ein. Zunächst war alles noch ungewohnt und neu. Jeder, der schon einmal umgezogen ist, weiß, was ich damals empfunden habe.

Da ich in meiner alten Heimat allerdings sehr einsam war, entschloss ich mich eines schönen Tages, das neue Internet einfach näher kennenlernen zu wollen. Ich hatte schon das eine und andere darüber gehört und war nun gespannt, was das *WWW* zu bieten hatte.

Es war gar nicht so einfach, an das erforderliche technische Equipment und noch wichtiger, an das entsprechende Knowhow kommen. Zum Glück gab es ja Computerzeitschriften. Den guten Zeitschriften waren CD's mit Programmen beigepackt. Und in den sehr guten waren zusätzlich auch noch Datenträger, welche die Software sowie die Zugangsdaten zu Onlinediensten lieferten, beigefügt.

Ich kaufte mir also ein Modem, die passenden Kabel und eine Zeitschrift mit Programm-CD sowie Internetzugangs-CD. Die Installation der Hardware war recht einfach. Die neuen 64 k-Modems waren schon wesentlich leichter einzurichten, als ihre Vorgänger mit 28,8 oder gar 14,4 k. Das zur damaligen Zeit beste Angebot hinsichtlich des Internetzugangs war ein Provider aus den USA. Die Installation der

Software war fast genauso schnell und simpel, wie die des Modems. Als besonderes Schmankerl hielt die CD noch 400 Freiminuten bereit. Erst nachdem man diese kostenlosen 400 Minuten online verbracht hatte, musste man pro Minute Onlinezeit 10 Pfennig bezahlen.

„Na, dann will ich mal schauen, was mir das Internet so zu bieten hat", sagte ich recht skeptisch zu mir, als ich den Button *Mit dem Internet verbinden* zum ersten Male anklickte. Im Modem rauschte und piepste es in den unterschiedlichsten Tonlagen. Dann war mal wieder absolute Stille, ehe das Piepsen wieder einsetzte. Nach rund zwei Minuten baute sich eine Seite auf. *„Willkommen bei AOL"* war in übergroßen Lettern zu lesen. Ich war also tatsächlich online.

Doch was nun? Jeder Schritt musste genau überlegt sein, wollte man die Freiminuten nicht schon am ersten Internettag gänzlich verbrauchen. „Ich hätte mir vorher einen Plan machen sollen, was ich so alles sehen will", kamen mir die ersten Zweifel an meiner Vorgehensweise. Doch das Internet schon wieder zu verlassen, das brachte ich auch nicht so einfach fertig. Das Neuland, von dem die erste deutsche Bundeskanzlerin viele Jahre später einmal sprechen sollte, war schon damals viel zu reizvoll.

„Genug überlegt und jetzt mal auf das Wesentliche konzentriert, Paul", setzte ich meinen Überlegungen ein Ende und konzentrierte mich auf das Angebot von *AOL*. Schnell war klar, dass dieses Angebot viele Inhalte hatte, die heute massenhaft in den Boulevardmagazin-Webseiten geteilt werden.

Doch, was war denn das? Ein Chatraum?! Chatten heißt plaudern. Dort kann man vermutlich mit anderen Leuten plaudern. Das wäre doch eine feine Sache. So ein Chatraum kann die Einsamkeit in der realen Welt doch vielleicht ein wenig mindern.

Doch um den Chat *betreten* zu können, musste man einen Account, also ein Benutzerkonto einrichten. Da fing es schon an, knifflig zu werden. Ich hatte gehört, dass man im Internet nicht seinen richtigen Namen angeben soll. Das sei alles viel zu unsicher und gefährlich. Also überlegte ich, wie ich heißen sollte. Karl Karl fand ich recht amüsant und schon war der User Karl Karl mit dem Wohnort in Karlsdorf (da war ich wirklich witzig) angelegt. Die Karlstraße war mir dann doch zu viel des Guten und deshalb wählte ich die Peterstraße. Konnte ja niemand wissen, dass der Peter mein bester Kumpel war.

„Ich heiße Karl und bin allem Neuen gegenüber aufgeschlossen", schrieb ich in das Feld *Über mich*. Angaben zu meinem Alter, meinen Hobbies und so weiter ließ ich weg. Man sollte ja vorsichtig mit dem sein, was man im Internet von sich preisgab.

„Nun aber los. Blöder Account. Den kann ich auch später noch vervollständigen. Das geht alles von meinen Freiminuten ab. Das haben die sich so gedacht."

Also ab in den Bereich *Chat*. Was es schon damals so alles gab. *Familienchat*, *Chat für Menschen Ü18*, *Chat für Zelda-Spieler*, *Chat für Leute Ü50*, *Allgemeiner Chat* und *Chat für Schüler*. Welcher Chat ist da der richtige für einen Menschen Ende der Dreißiger, der weder Zelda spielt, noch eine große Familie hat? Richtig, der Chat für Menschen über 18. „Das könnte doch ein Chat für mich sein."

„Hallo, hallo, ich bin der KaKa. Jemand da, der mit mir schreiben möchte?"

Ich hatte das KaKa als so genannten Nickname ausgewählt. Im Erfinden von Namen war ich nie besonders gut, deshalb hatte ich einfach ein Kürzel meines angeblich realen Namens verwendet. Das fand ich klug.

Auf jeden Fall meldete sich niemand und ich beschloss, einen anderen Chatraum aufzusuchen. Vielleicht waren die redseligeren Typen ja in einem anderen Chat zu finden. Aber auch im Schülerchat und im Chat über 50 bekam ich die gleiche Antwort auf meine Frage, ob wer da sei, nämlich keine. Vielleicht lag es auch an mir und meiner doofen Frage.

Schließlich waren ja echte Leute in den Chats. Das konnte man in der Liste sehen. *Rüpel Robert, Knuffige Sie* oder auch *Madame Aroma* stand dort zu lesen. Es schienen aber alle anderweitig beschäftigt gewesen zu sein.

Ich wollte dem Vorhaben Chat gerade ein Ende bereiten und dieses blöde *AOL* verlassen, als eine Frage im Nachrichtenfeld des *Chat Ü18* erschien. „Ist hier irgendjemand so um die 40?", fragte *Madame Aroma*.

„Hm, soll ich da antworten? Der Name klingt ja schon etwas schlüpfrig. Aber warum auch nicht. Bin ja schließlich erwachsen und solo. Da darf ich das doch", entschied ich kurzerhand und tippte:
„Ja. Ich!", auf die Frage dieser dubiosen *Madame Aroma* in den Rechner. Dann war wieder Funkstille. Nichts tat sich.

Außer, dass ein gewisser *Wild Er* schrieb: „Ja ich. Und ich bin bereit zu allem. Wie magst du es denn gern?"

Oh Mann. Das war ja unterste Schublade. Wo war ich denn da gelandet? Ich sollte mal ganz schnell abhauen. So, wie ich es schon vor Minuten vorgehabt hatte.

Ich wollte also gerade *den Stecker ziehen*, als in meinem privaten Chatfenster (so etwas gab es damals) eine Nachricht aufpoppte.

„Na. Wo kommst du denn her? Und was machst du so?", fragte mich dort *Madame Aroma*.

Jetzt nur nicht Falsches schreiben. Das war am Anfang immer das Wichtigste. Genauso hatte ich das in der Computerzeitschrift gelesen. Ein falscher Satz zu Beginn eines Chats, könne dazu führen, dass das Gegenüber sich umgehend aus dem Staub macht, schrieb dort der Redakteur. Und der musste es doch wissen. Er schrieb ja schließlich in der Zeitung über das Internet.

„Also ich bin solo und suche gerade jemanden, mit dem ich mich ein wenig austauschen kann", war meine Antwort. Dann geschah wieder nichts. Nur *Wild Er* machte noch einen Versuch. „Na süße Aroma Fee. Keine Lust auf einen kleinen Schnack?", schrieb er ziemlich peinlich.

Ich wollte schon aufgeben und diesem *AOL* endgültig den Rücken kehren, als ich Folgendes las: „Hallo KaKa. Ich suche einen Menschen, mit dem ich mich auf Erwachsenen-Niveau unterhalten kann. Du scheinst mir ein solcher Mensch zu sein".

„Woher willst Du das wissen?", fragte ich direkt zurück.

„Das habe ich ganz einfach im Gespür. Und das täuscht mich selten".

„Hm, wenn das so ist, dann würde ich diesen Chat sehr gerne weiterführen. Das sollten wir aber ohne diese ganzen Störenfriede wie *Wilder Er* in einem separaten Chatraum tun. Was denkst du?", tippte ich eifrig in den Computer. Man, da ging ich aber direkt in die Vollen.

Erwähnt sei hier, dass das Internet von damals mit dem von heute nicht sehr viel gemein hat. Ganz besonders die Up- und Downloadzeiten machten dem WWW (weltweiten Warten) alle Ehre. Man konnte in der Zeit, die es brauchte, ein oder zwei Sätze an einen Rechner ans andere Ende der Republik zu senden und die Antwort darauf zu erhalten, mal eben zur Toilette zu gehen und etwas zu trinken holen. Ähnlich wie heute die Werbepausen im Privatfernsehen. So viel zur Verdeutlichung von Zeitabläufen im damaligen Internet.

„Dann begrüße ich dich nochmals. Aber dieses Mal in unserem privaten Chatraum. Ist doch viel besser so. Dann werden wir nicht zugemüllt. Der Begriff *Spam* sollte erst Jahre später den meisten Internetgängern geläufig werden.

So kam ein sehr angenehmes Internetgespräch zustande, welches sich aufgrund der langen Wartezeiten bis in den späteren Abend zog, ohne dass wir so sehr viel Informationen austauschen konnten. Daher entschieden wir uns nach fast vier Stunden Tippen und Warten dazu, miteinander zu telefonieren.

Nachdem ich den Computer, beziehungsweise das Modem von der Telefonleitung abgekoppelt hatte, Telefonieren und Internet gleichzeitig ging ja damals nicht, wählte ich die Telefonnummer, die mir *Madame Aroma* gegeben hatte. Ehrlich gesagt, war ich ganz schön aufgeregt, ob der Dinge, die sich daraus ergeben könnten.

„Ja, da bin ich", meldete sich eine überaus angenehme und sympathische Stimme. Ich wollte ihr gar
nicht antworten, sondern nur ihrer Stimme lauschen.
Aber ich sollte ihr dennoch etwas sagen, sie wartete
wohl darauf.

„Hallo…..ich bin's…..meine Name ist Paul. Ich bin
um die vierzig und freue mich wirklich sehr, dass wir
uns kennenlernen dürfen".

„Ich….bin…..Petra….und lache bitte nicht….
über meinen…..Nachnamen. Meine Eltern hatten….einen sehr seltsamen….Humor. Ich heiße Peter", sagte sie eher schüchtern. Oder war es ihr peinlich? Auf jeden Fall konnte ich sehr gut nachempfin-
den, wie es ihr ging. Und daher sagte ich nur: „Das
ist ja cool". „Na ja, cool ist anders", erwiderte sie. Und
das klang ein wenig enttäuscht.
„Nein, nein. Verstehe mich richtig", versuchte ich sie
zu besänftigen, „mein Name ist Paul Paul. Und ich
stottere nicht. Da haben wir wohl beide humorvolle
Eltern".

Dies war der Anfang für ein wundervolles Telefonat, das sich bis in den frühen Morgen hinzog, was
aber nicht nur an den Wartezeiten zwischen den Antworten lag. Zum Schluss verabredeten wir uns für
den nächsten Abend.

An dieser Stelle möchte ich die detailgetreue Wie-
dergabe beenden. Zum einen, weil ich Sie nicht lang-
weilen möchte und zum anderen, weil man gewisse
Themen einfach nicht mit Dritten teilt.

Aus diesem *Ist da jemand um die 40?* entwickelte sich binnen kürzester Zeit eine intensive Fernbeziehung, die ihre jeweiligen Höhepunkte in den persönlichen Besuchen an den Wochenenden fand.

Neue Familie – aus zwei mach fünf

Wie die Überschrift dieses Kapitels unschwer erkennen lässt, möchte ich mich in diesem Kapitel mit der Familie im Speziellen befassen. Ich halte diesen Punkt für einen ganz wesentlichen in meinem Leben. Andererseits möchte ich meine liebe Ehefrau und unsere Kinder möglichst nicht mit in dieses Buch einbeziehen, weshalb ich meine Erzählungen bezüglich meiner Liebsten auf dieses Kapitel beschränke. Was nicht bedeutet, dass sie in den anderen Abschnitten nicht auch einmal kurz Erwähnung finden können.

Aber genug der Vorrede. Ich hatte in meinem früheren Leben, also dem vor Petra, schon eine Beziehung. Diese Zeit meines Lebens möchte ich in diesem Buch lediglich erwähnen, um Ihnen wichtiges Wissen nicht vorzuenthalten. Denn auch ich hatte ein Kind und das entstammte eben dieser Beziehung. Mein Kind, genauer mein Sohn, war zu der Zeit von *AOL* und Wochenendbeziehung zwölf Jahre alt. Sein Name war Kai-Uwe.

Und wenn ich schon dabei bin, stelle ich Ihnen auch direkt die zwei Kinder von Petra vor. Da war zum einen der zum damaligem Zeitpunkt zehnjährige Robert. Er wurde von allen nur *Bobbele* genannt. Und zum anderen, der zwei Jahre jüngere Dirk-Jürgen, welcher ebenfalls nur selten mit seinem offiziellen Namen angesprochen wurde. Wenn dies der Fall war, wusste jeder, dass Dirk-Jürgen etwas ausgefressen hatte. Ansonsten hörte er auf das Namenskürzel *DJ*, was sich später als sehr kluge Wahl eines *Nickname* herausstellen sollte. Aber das war Dirk-Jürgens Zukunft, die jedoch nicht Bestandteil dieses Buches ist.

Sie kennen nun alle Personen, die in dieses Kapitel involviert sind und verstehen nun auch, dass uns diese Wochenendbeziehung auf Dauer nicht reichen konnte. Viel zu viel blieb auf der Strecke. Im wahrsten Sinne des Wortes. So beschlossen wir, in Absprache mit den Kindern, dass unsere Haushalte fusionieren sollten. So konnten wir eine Menge Synergien nutzen, würde man heute sagen. Wir wollten damals eigentlich nur eine richtige Familie sein und zudem Geld sparen.

Meine damalige Wohnung war groß genug, um Petra und die zwei Jungs aufzunehmen. Also definierten wir meine vier Wände als Lebensmittelpunkt der neuen Familie. Und entgegen der Befürchtungen von Verwandten und Freunden gelangen uns der Umzug und das anschließende Einleben richtig gut. Im Laufe der Zeit wurde aus Patchwork eine richtige Familie. Was wir auch heute noch sind.

Wir hatten aber natürlich auch manche Hindernisse zu überwinden. Das größte dabei war die Sprachbarriere. Ich habe im vorigen Kapitel nur von einer Verbindung ans andere Ende der Republik gesprochen. Gemeint war die Strecke vom Rheinland ganz in Westdeutschland nach Baden-Württemberg.

Außer dem Umstand, dass beide Bundesländer aus jeweils zwei Landesteilen zusammengefasst worden sind, gibt es eine Menge Unterschiede in sprachlicher und kultureller Hinsicht.

Der Begriff *Fleischküchle* erklärt sich ja fast von selbst. Bulette, Fleischpflanzerl oder Frikadelle wird dieses herzhafte Backwerk in anderen Teilen der Republik auch genannt.

Aber wissen Sie auch, was *saurer Sprudel* ist? Inzwischen ist mir dieser Begriff geläufig und ich könnte heute ein Mineralwasser mit Kohlensäure in Baden-Württemberg bestellen und auch bekommen.

Je nach Region gibt es also eine spezifische Bezeichnung für ein und denselben Gegenstand. Das hat vielfach historische lokale Gründe. Eine Theorie für den Ursprung des Begriffes besagt, dass die Bezeichnung *saurer Sprudel* auf die alten Römer zurückzuführen ist. Denn diese brachten Zitronenbäume mit in das Oberrheintal und die dann dort gepflückten Früchte wurden dem damals noch trinkbaren Rheinwasser zwecks geschmacklicher Aufwertung zugefügt. Den Ausspruch „Man ist der Sprudel aber sauer" soll man damals häufig gehört haben. Nachdem später die Römer nach Italien zurückgedrängt wurden, verschwanden mit der Zeit auch die Zitronenbäume. Die Bezeichnung *saurer Sprudel* hingegen blieb erhalten. Gab man nun dem original *sauren Sprudel* (Wasser und Zitronensaft) etwas Zucker hinzu, dann bezeichnete man dieses Getränk als *süßer Sprudel*. Fügen Sie allerdings dem heutigen *sauren*

Sprudel einen Löffel Zucker zu, dann ist das kein *süßer Sprudel*, sondern einfach nur *saurer Sprudel mit Zucker*.

Zur Königsdisziplin im Wettstreit der Völker zählt man auch den Wein. Genauer gesagt, die *Weinschorle*. Dies ist ein Wein, der durch unterschiedliche Beigaben geschmacklich verändert werden soll. Mir haben sich, ehrlich gesagt, diese Zusammenhänge bis heute nicht erschlossen. Entweder habe ich einen Wein, der schmeckt, dann trinke ich diesen auch. Und für den Fall, dass der erworbene Rebensaft nicht mundet, habe ich immer noch ein passendes Geschenk für einen guten Freund.

Aber zurück zur *Weinschorle*. Sie ahnen es sicher schon. Es gibt *saure Weinschorle* und *süße Weinschorle*. *Saure Weinschorle* bedeutet nicht zwingend, dass der Wein sauer ist. Sondern vielmehr, dass der pure Wein mit einem Drittel *sauren Sprudel* gestreckt wird. Der Sinn dieser Maßnahme erschließt sich mir nicht unbedingt. Ich vermute, dass man von *saurer Weinschorle* mehr Gläser trinken kann als vom puren Wein. Man geht also auch nach fünf Gläsern *saurer Weinschorle* noch gerade nach Hause.

Süße Weinschorle ist eigentlich ganz einfach herzustellen, indem man dem Wein seiner Wahl ein Drittel *süßen Sprudel* hinzufügt.

Das Problem für einen Menschen aus Baden-Württemberg, der beispielsweise im Rheinland eine *süße Weinschorle* bestellt, ist in aller Regel der fragende Gesichtsausdruck der Bedienung, denn das Rheinland ist kein Weinland. Zumindest nicht in der Vielzahl der Gaststätten oder bei öffentlichen Veranstaltungen. Aber auch, weil es in den wenigsten gastronomischen Betrieben entlang des Niederrheins *süßen Sprudel* gibt. Zitronenlimo, wie der Rheinländer *den süßen Sprudel* bezeichnet, gibt es vielfach nur in gut sortierten Getränkefachmärkten. Das ähnliche Getränk eines weltweit tätigen Süßgetränkeherstellers, das in den meisten Gaststätten angeboten wird, ist jedoch kein *süßer Sprudel* und daher nicht geeignet bei der Herstellung einer *süßen Weinschorle* Verwendung zu finden.

Unabhängig davon, kann ich wie bei der *sauren Weinschorle* nicht verstehen, dass man guten Wein mit Limonade verdünnt, ist die einzige Erklärung für mich die Vermutung, dass der reine Wein einfach zu sauer ist.

Oder *Fleischküchle* - *e*in Begriff, der verpflichtet. Denn während in anderen Regionen die Bezeichnung *Bulette* oder *Frikadelle* Verwendung findet, gebraucht man in Baden-Württemberg ganz bewusst das Wort *Fleisch*. In Fleischküchlen ist also in der Tat Fleisch. Da sind Rheinländer und Berliner weitaus vorsichtiger, denn in *Bulette* oder *Frikadelle* setzt man dort nicht wirklich zwingend Fleischbestandteile voraus.

Bitte verzeihen Sie mir diesen albernen Exkurs in die Unterschiede der deutschen Sprache. Wir hatten nämlich auch andere Dinge, an die wir uns erst gewöhnen mussten. Haben Sie schon einmal von *Schmetterlingstoast* gehört? Nicht? Keine Angst. Es wurden für einen *Schmetterlingstoast* weder Schmetterlinge noch anderes Getier getoasted. Für diese Variante eines gebackenen Brotes wurde dieses lediglich mit einer Scheibe Fleischwurst und einer halben Essiggurke belegt. Das Ganze dann mit Ketchup wie ein Schmetterling dekoriert. Sie sehen also, kein kulinarischer Exzess, aber sehr hilfreich, Kinder zum Essen zu bewegen.

Nach einiger Zeit des wilden Zusammenlebens hielt ich ganz formell um die Hand meiner Liebsten an. Wir entschieden, möglichst zeitnah heiraten zu wollen, was wir auch recht bald taten. Und heute noch jederzeit wieder tun würden.

Wir waren tatsächlich eine richtige Familie geworden. Was wir auch heute noch sind. Weinschorle, Sprudel oder Schmetterlingstoast gehören mittlerweile zu meinem Leben. Wohingegen Frikandell* und die Niederlande nicht mehr aus Petras Leben wegzudenken sind.

*Anmerkung: Frikandeln, in Deutschland auch Brat- oder Fleischrolle genannt, sind frittierte Fleischwaren aus fein gehacktem Schweine-, Rind- oder Geflügelfleisch. Im Originalrezept findet sich zudem ein kleiner Anteil Pferdefleisch. Allen weiblichen Lesern dieses Buches sei aber versichert, dass in den in Deutschland hergestellten oder in für den Export nach Deutschland vorgesehenen Waren, kein Pferde-fleisch enthalten ist.

Aus der Friteuse mit einem Mantel aus Mayon-naise, Ketchup und frischen, gehackten Zwiebeln sind diese Fleischteigrollen, die im übrigen Gewürze, Brühe, Geschmacksverstärker und Konservierungs-stoffe enthalten, trotz vielfach geäußerter Gesund-heitsbedenken, einfach ein Genuss und aus der nie-derländischen Imbissbude nicht wegzudenken.

Hauskauf – zweiter Versuch

Zur damaligen Zeit waren wir aber auch der irrigen Meinung, dass zu einer Familie auch ein eigenes Haus gehörte. So spukte uns sehr oft der Gedanke durch den Kopf, dass wir doch ein Häuschen erwerben sollten. Da wir aber nur sehr eingeschränkte Mittel zur Verfügung hatten, gestaltete sich die Suche nach dem passenden Objekt recht schwierig. Entweder war das Häuschen für eine fünfköpfige Familie zu klein oder der Preis sprengte einfach unser Budget. Es war nicht leicht zu der Zeit.

Doch wer die erforderliche Beharrlichkeit an den Tag legt, dem winkt eines Tages die Belohnung für seine Hartnäckigkeit. Und so kam es, dass wir eines Tages ein schickes Häuschen fanden, das genau zu unseren Bedürfnissen und unserem Geldbeutel passte. Besonders erfreulich war die Tatsache, dass die *Noch*-Eigentümer Leute von Adelsstand waren. Hoher Adel sogar. „Jetzt kennen wir doch tatsächlich jemanden, der mit der Queen verwandt ist", sagte ich nach dem ersten Besichtigungstermin zu meiner Petra. Ab sofort würden wir in anderen Kreisen verkehren.

Um unser neues Heim beziehen zu können und damit der neuen Familie einen neuen Stammsitz zu geben, mussten allerdings noch einige Arbeiten an Haus und Garten erledigt werden. Mit einem Eimer Farbe und dem Einsatz aller Familienmitglieder alleine war es, entgegen erster zweckoptimistischer Einschätzungen zum Trotz, nicht getan.

Die Bausubstanz war alles andere als solide, wie uns Herr Mörtel, der Inhaber einer kleinen Baufirma, dessen Kontakt Gräfin von und zu Adelshausen hergestellt hatte, mitteilte. „Meiner Meinung nach sollten sie den ganzen Schuppen hier abreißen und neu bauen. Die Gräfin ist eine knallharte Geschäftsfrau. Versuchen sie, den Kaufvertrag rückgängig zu machen. Das ist die beste Lösung", gab er uns in deutlichen Worten zu verstehen. Doch wir dachten im Traum nicht daran, das Haus kaum in Besitz genommen, direkt wieder loszuwerden. Deshalb begannen wir auch umgehend mit der Renovierung.

Gerade noch rechtzeitig vor dem Winter konnten wir den kleinen Anbau fertigstellen, der unser Schlafzimmer werden sollte. So hatte nun jeder sein Zimmer und wir konnten endlich einziehen. Voller Zuversicht und Freude über das neue Familienheim stießen wir am Abend des Einzugs miteinander an. Es würde alles perfekt werden.

Doch schon in den ersten Wochen nach Einzug, wurde es bitterkalt im Land. An sich nicht das große Problem. Haben wir in unseren Breitengraden in der Regel verlässliche Heizungsanlagen und gut isolierte

Häuser. Nun unser Haus war aber kein *Regelhaus*. Das war unser Problem.

Denn die Heizung existierte zwar, weigerte sich aber konsequent, uns die erforderliche Wärme zu spenden. Außer einem tiefen Blubbern in den Heizkörpern und einem seltsamen Stöhnen im Brenner, war der Anlage keine weitere Aktion zu entlocken. Die Heizkörper waren und blieben kalt. Hinzu kam, dass es an aus allen Ritzen und Fugen wie Hechtsuppe zog. Wahrscheinlich rächte es sich, dass wir Herrn Mörtels Rat, die Außenisolierung vor dem Winter fertigzustellen, ignorierten.

Damals meinte ich noch zu den Jungs: „Schaut mal, wie dick die Wände sind. Das mit der Isolierung ist Quatsch. Das Mauerwerk hält warm. Da könnt Ihr mal sicher sein". Vielleicht hätten wir doch besser auf Mörtels Rat gehört. Aber da war jetzt nichts mehr zu machen. Für die frostkalte Zeit hieß es von da an, mit Socken, langer Jogginghose und Sweatshirt ins Bett. Eine dicke Zudecke und zwei Wolldecken darüber. So lagen wir im Bett und bibberten uns in den Schlaf. Meine Petra sagte damals kein Wort der Klage und hielt frierend neben ihrem Mann aus. Man kann sich an vieles gewöhnen. Und nach zwei Wochen des Dauerfrosts, bekam die Kälte im Schlafzimmer sogar etwas von angenehmer Routine.

Die Selbstverständlichkeit von dicken Klamotten und Socken im Bett wurde jäh unterbrochen, als ich mitten in der Nacht geweckt wurde. Zunächst war mir nicht bewusst, was mich gerade störte. Doch mit dem dritten Tropfen, der mich genau auf die Stirn traf, war ich hellwach und registrierte sofort, was nicht stimmte. In den Abendstunden zuvor war eine Warmluftfront über uns hinweggezogen und hatte zu Tauwetter geführt. Die Tatsache an sich hätte eigentlich zu allgemeinem Jubel geführt, wenn da nicht der schmelzende Schnee gewesen wäre. Schnee hat nämlich die Eigenart, seinen Aggregatzustand von fest in flüssig zu ändern, wenn die Temperatur ihm dies zu tun bedeutet. Bekanntlich wird Schnee dann zu Wasser, das sich wiederum, was ebenso keine neue Erkenntnis darstellt, immer den Weg des geringsten Widerstandes sucht. In unserem Fall war dieser Weg nicht der, wie bei den meisten Häusern üblich, über Dachschindel und Dachrinne, sondern direkt durch die Decke. Der kürzeste Weg sozusagen.

Unser Haus war also nicht nur kalt, sondern auch noch undicht. Erste Zweifel kamen auf. Aber unser Heim aufgeben? Nein, das kam gar nicht in Frage!

Es kam der Frühling. Alles wurde grün, die Vögel zwitscherten und die Sonne schien. Vergessen die Zeit des *5°C-Schlafzimmers*.

Unsere Nachbarn, Herr und Frau Grünspan, luden uns zum Kaffee in deren Wintergarten ein. Dirk-Jürgen, unser Jüngster, fragte, als er von der Einladung erfuhr: „Meint ihr, dass Herr Grünspan vorher noch den Rasen mähen wird?".
„Den Rasen mähen?"

„Ja klar. Schau doch mal unseren Rasen an. Da muss er das in seinem Wintergarten doch auch tun. Oder hat der da etwa keinen Rasen?"

So gingen die Wochen und Monate ins Land. Bis ein kräftiges Gewitter den hinteren Bereich des Hauses knöcheltief unter Wasser setzte. Das bedeutete das Ende von Petra's Geduld. Sie sagte nur: „Das Haus oder ich. Entweder schauen wir, dass wir diese Bruchbude so schnell wie möglich wieder loswerden oder du wirst mich los!"

Dies war das erste und bis heute letzte Mal, dass sie mir derart gedroht hat. Das beweist, wie sehr dieses Haus sie dann doch belastet hat. Und wie ernst es ihr damals war.

Da ich weiß, wann es besser ist, seine Fehler einzugestehen, stimmte ich ihr zu und sagte nur: „Ich muss dir recht geben mein Schatz, schweren Herzens. Aber wir sollten das Haus, ehe es uns über dem Kopf zusammenbricht, wirklich schnell verkaufen". Szenen aus einem Film über ein junges amerikanisches Paar, das eine Bruchbude kauft und renoviert, fielen mir in diesem Augenblick zum wiederholten Male ein. *Geschenkt ist noch zu teuer* ist, so glaube ich, der Filmtitel für den deutschen Markt. Im Nachhinein betrachtet, hätte unser Haus auch als Vorlage für diesen Film, so er denn in Deutschland gedreht worden wäre, dienen können.

Herr Scherbel der Makler unseres Vertrauens musste also wieder zum Einsatz kommen. Nur, dass es in diesem Fall deutlich länger dauerte, bis wir zum Verkaufsabschluss kamen. Viele der Kaufinteressenten waren in *Hausangelegenheiten* viel erfahrener als wir zuvor. So war den meisten der potenziellen Hauskäufer entweder der Kaufpreis für die Bausubstanz zu hoch, oder aber die Bausubstanz für den Kaufpreis zu schlecht. Abwarten lautete unsere Devise zwangsweise.

Unser Blatt wendete sich, als Erwin Einfalt und Elsbeth Dumpf-Backes unser Haus besichtigten. Herrn Einfalt und Frau Dumpf-Backes gefiel unser Häuschen ungemein gut, weshalb sie es unbedingt erwerben wollten. So stimmten sie unseren Preisvorstellungen zu, was bei Herrn Scherbel und uns einen Stein vom Herzen fallen ließ. Wessen Stein dabei größer war, vermag ich heute nicht mehr zu sagen. Der Verkauf ging danach im Eiltempo über die Bühne, denn die Beiden wollten noch vor dem Beginn des Winters einziehen.

Der Bruder – die neue Freundin

Wie viele andere Menschen auch, habe ich einen Bruder. Das ist an sich nichts Besonderes. Und deshalb erwähne ich ihn auch nur in diesem einen Kapitel, das ich ihm gewidmet habe.

Mein Bruder ist männlichen Geschlechts und etwas mehr als drei Jahre später geboren als ich. Ich bin also der große Bruder und der, der immer auf den kleinen Mats aufpassen musste. Die Verantwortung für ihn wurde mit fortschreitendem Alter zwar geringer, ich wurde aber nie so ganz davon entlassen. Sprich - *einmal Bruder, immer Bruder*.

So kam es, dass Mats eines Tages zu Besuch war und uns in knappen Worten mitteilte, dass er sich von seiner geliebten Gattin Genoveva trennen werde. Man habe sich auseinandergelebt und jeder würde ein wenig Freiraum für sich selber brauchen. Um sich selbst zu finden, würde man sich nur gegenseitig behindern. Was letztlich gleichbedeutend war mit, man hatte sich nichts mehr zu sagen.

Selbstverständlich halfen wir meinem Bruder und so standen wir ihm in den nächsten Wochen und Monaten intensiv bei. Für alle Beteiligten war es schön, dass er nach geraumer Zeit eine schicke kleine Junggesellenwohnung beziehen konnte, auch wenn sein neues Domizil den einen oder anderen Makel hatte.

So waren die Räumlichkeiten beispielsweise sehr hellhörig und Mats konnte jeden Morgen hören, wie seine Nachbarin zur Linken, Ulrike Umstand, direkt nach dem Aufstehen ins Bad rannte und dort die Keramik umarmte. „Es ist nicht schön, so etwas zu hören. Und dann auch noch am frühen Morgen!", sagte er bei jeder sich bietenden Gelegenheit zu uns. Aber das Ganze würde ja bald ein Ende haben, denn die Ulli sei schwanger und da sei die Morgenübelkeit nur zu Beginn ein Thema, eröffnete er uns bei einem Stück Käsekuchen.

Auch gab es die eine oder andere Auseinandersetzung mit seinen Nachbarn bezüglich der Mülltrennung. Mats war und ist ein sehr gewissenhafter Mensch und immer bedacht, alles richtig zu machen. Menschen, die bewusst gegen Vorschriften und Gebote verstießen, konnte einfach nicht ausstehen. Er verabscheute sie geradezu. Eines Tages ertappte er Georg Greulich, den Nachbarn aus der Wohnung über ihm, dabei, wie er einen Joghurtbecher ungespült in den gelben Sack tun wollte. Da konnte Mats nicht anders, als den armen Georg in einem längeren Vortrag auf die immer stärker um sich greifende Umweltverschmutzung hinzuweisen. Leute wie Georg seien schuld daran, dass unser Planet einmal zerstört werden würde. Dieser und andere Vorwürfe dieser Art, brachten den braven Georg, seines Zeichens seit zwanzig Jahren *Auftragssachbearbeiter (Buchstabe A bis C) bei der Impex GmbH*, dazu, dem Mats Paul einmal so richtig die Meinung zu sagen. Sätze wie „Da solltest du dich mal gepflegt raushalten und dich um deinen eigenen Kram kümmern", waren die eher freundlichen Dinge, die mein Brüderchen zu hören bekam. Als Mats schließlich sagte: „Aber ich habe doch recht. Wenn sich jeder an die Regeln halten und nicht wie eine Ökosau handeln würde, hätten wir die ganzen Probleme doch nicht!", war es Georg zu viel und er gab Mats einen Hieb aufs Auge, das sich binnen Minuten zu einem veritablen Veilchen entwickelte.

Ab diesem Zeitpunkt war die Stimmung im Haus ein wenig gedrückt und Mats hatte den Eindruck, dass man ihn mied. Nun gut, sollten sie halt tun, was sie wollten. Doofe Nachbarn. Die würden schon sehen, wohin sie das führte.

Daher überraschte es uns auch nicht, als Mats uns eines Tages beim Abendessen mitteilte, dass er eine neue Wohnung gefunden habe. Aus der derzeitigen würde er sehr bald ausziehen. Die Uli hätte inzwischen zwar ihren Stammhalter zur Welt gebracht, ihre Morgenübelkeit hingegen immer noch nicht abgelegt, was weiterhin zu altbekannter Geräuschkulisse führen würde. Zu viel sei da einfach zu viel! Und ob wir ihm beim Abbau der Küche behilflich sein könnten. Seine neue Bekanntschaft sei auch dabei und so würden wir sie gleichzeitig kennenlernen.

Nun war es aber so, dass meine liebe Frau in der Nacht vor der Ankündigung meines Bruders geträumt hatte, dass ihr Schwager eine tolle Blondine zur Freundin habe. Dieser Umstand machte mich richtig neugierig auf den Tag des Küchenabbaus.

Ich fuhr mit unseren Söhnen dorthin. Meine Petra hatte andere Dinge zu erledigen. Wir hatten aber ausgemacht, dass ich ihr später alles ganz detailliert erzählen würde. Mats öffnete die Tür zu einer bereits fast leeren Wohnung. Nur die Couch stand noch im Wohnzimmer und die Küche war noch fast vollständig. In derselben werkelte ein fremder Mann. „Bestimmt der Bruder von der Neuen", dachte ich. Mats stellte uns einander vor. Hubert, also hieß der Bruder seiner neuen Flamme, und wir legten los. Schließlich sollten die restlichen Möbel bald abgeholt werden.

Die Arbeit ging uns auch recht flüssig von der Hand und als wir fertig waren, setzten wir uns alle auf die verbliebenen Sitzmöbel. Wir führten ein wenig Smalltalk bis Mats sagte, dass er uns etwas zu erklären habe. „Ich, äh, wir", damit nickte er zu Hubert, „haben euch etwas zu sagen. Meine neue Bekanntschaft, das ist, wie soll ich es sagen, das ist Hubert".

Stille! Nichts als Stille! Man hätte die viel zitierte Stecknadel fallen hören können. Schließlich kam von den drei Söhnen ein „Cool!" und ich brachte ein: „Ja und? Willkommen in der Familie, Hubert", über die Lippen. Mit diesem Satz war das Eis gebrochen und die Stimmung, die bis zu diesem Zeitpunkt eigentümlich unterkühlt wirkte, hellte sich allmählich auf.

Zum Abschied bat Mats mich noch, es meiner Petra schonend beizubringen. Was ich gerne versprach. Auch wenn ich nicht so recht wusste, wie ich das halbwegs elegant schaffen sollte.

Als ich nach Hause kam, stand meine Frau am Herd und kochte gerade das Abendessen. Sie fragte, noch bevor ich richtig im Raum war: „Und, hat die Neue lange blonde Haare?"

„Nein. Sie hat einen Bart", antwortete ich bloß.

„Ja, ja, ist klar. Einen Bart, ha, ha, ha, wie bitte? Einen BART?!", sagte sie und setzte sich auf den nächst stehenden Stuhl, atmete einige Mal tief ein und wieder aus. Dann murmelte sie, wohl eher auch zu sich selbst: „Die Neue ist also ein Neuer. Das ist der Hammer. Da brauche ich jetzt etwas Zeit, das zu verarbeiten. Und einen Schnaps!".

In der großen Stadt – so laut

Wir saßen beim Abendessen zusammen, da sagte meine Maus zu mir: „Hör mal, Hase. Du fährst doch jeden Tag mehr als 40 km in die Stadt zur Arbeit und abends wieder nach Hause. Das ist doch ganz schön weit. Wir haben gar nicht mehr viel Zeit für uns und außerdem stresst dich die ganze Fahrerei offensichtlich sehr. Du bist abends immer total genervt. Was hältst du davon, wenn wir uns eine Wohnung in der Stadt, ganz in der Nähe zum Büro suchen?".

Diese Idee hatte Charme. Die täglichen Fahrten zerrten in der Tat an meinen Nerven. Oftmals hatte ich den Eindruck, dass die Fahrschulen der Region ganz bewusst im Feierabendverkehr vor mir herfuhren und die Herren aus dem landwirtschaftlichen Gewerbe absichtlich mit ihrem Fuhrpark über die Bundesstraße schlichen, wenn am meisten Verkehr war. Ganz abgesehen von den Baustellen, idiotischen Ampelschaltungen und Personen, die nicht Auto fahren sollten. Ich hatte mich zwar unter Kontrolle und mit der Situation arrangiert, anstrengend war das aber dennoch.

„Dann lass uns mal umschauen, ob wir ein passendes Nest für uns beide finden", antwortete ich meiner lieben Frau. Unsere drei Buben hatten sich zwischenzeitlich ihre eigenen *Zuhause* geschaffen.

Wir wurden auch recht schnell fündig. Abseits des Trubels in eher ländlicher Umgebung und dennoch fast mitten in der Stadt fanden wir eine schicke Wohnung. Den Besichtigungstermin hatten wir schnell ausgemacht und uns kurze Zeit später die Drei-Zimmer-Wohnung mit Dachterrasse und Wintergarten als Einliegerwohnung in einem Einfamilienhaus angesehen.

Das war alles nahezu perfekt und auch der Mietpreis bereitete uns kein Kopfzerbrechen. Die Mietnebenkosten und die Tatsache, dass die Vormieter nur anderthalb Jahre dort gewohnt hatten, gaben uns dummerweise ebenfalls keinen Anlass, die Anmietung dieser Wohnung eventuell doch noch zu überdenken. Auch das diabolische Grinsen des Vermieters, Herrn Ferdinand Fehlerstrom, seines Zeichens Elektromeister und bekennender *Österreich-Bauernhof-Urlauber*, brachte uns nicht auf die Idee, mit der Unterschrift unter den Mietvertrag einen Fehler begangen zu haben. Vielmehr beglückwünschten wir uns auf dem Heimweg von der Vertragsunterzeichnung zu dem Dusel, den wir gehabt hatten. Zu allem Überfluss machten wir am Abend sogar eine Flasche Champus auf, um unseren Glücksgriff zu feiern.

Der Umzug war problemlos und einfach. Nicht zuletzt, weil ein Umzugsunternehmen die meiste Arbeit erledigte. Einen ersten Vorgeschmack auf die vor uns liegenden Erlebnisse bekamen wir direkt am Tag des Einzugs. Endlos viele Stubenfliegen bevölkerten unseren Wintergarten nebst Wohnung. Wir wurden dieser Plagegeister aber dank physikalischer und chemischer Hilfsmittel relativ schnell Herr, so dass wir nach drei Tagen wieder Ruhe vor *Musca Domestica* hatten. Dies war sogar dauerhaft möglich, sofern wir die Fenster Tag und Nacht geschlossen hielten. Alternativ hätten wir schicke Fliegengitter an den Fenstern und Türen anbringen müssen.

Die Fliegen waren das erste Übel. Die nächste Plage kam ebenfalls aus der Luft. Es waren Flugzeuge. Jede Menge Flugzeuge. Unser neues Heim lag nämlich in der Einflugschneise eines der größten deutschen Flughäfen. Und die Piloten ließen exakt über unserem Haus das Fahrwerk ausfahren. Sie können mir glauben, dass wir nach einigen Wochen jede Maschine und deren Landetermin kannten. Selbst der eine oder andere Pilot nickte uns freundlich zu, wenn wir mal auf der Dachterrasse saßen. So fanden wir in kurzer Zeit viele neue Bekannte. Dumm nur, dass diese Bekanntschaften eher flüchtiger Natur waren. Extrem anstrengend aber waren die unerfahrenen Piloten, die mit Gegenschub ihre zu hohe Geschwindigkeit drosselten. Nicht nur wegen des Lärms, sondern auch wegen der vielen Rußpartikel in der Luft. Da war es nicht schön, draußen zu sein, das sage ich Ihnen.

Doch nicht alle Plagen kommen aus der Luft. Eine Plage kann auch die Luft selbst sein. Besonders die im Winter. Zunächst freuten wir uns, dass es nach einem heißen Sommer allmählich kühler wurde. Un-

sere Wohnung war, was Sommertemperaturen angeht, nicht unbedingt optimal isoliert, was wohl der
Grund dafür war, dass es bei 35° C Außentemperatur
auf unserem neuen Digitalthermometer zu Messwer-
ten von 40° C in der Wohnung kam. Gemessen im
Raum und nicht draußen, das bitte ich zu beachten.
Im Winter sah es da schon ganz anders aus. Wir hatten zwar vermutet, dass Herr Fehlerstrom bei der
Wärmeisolierung ein wenig gespart haben könnte,
wollten uns aber nicht vorstellen, dass er auch an der
Kälteisolierung wenig großzügig gewesen war. Dazu
war er seinerzeit viel zu nett.

Doch der folgende Winter sollte uns eines Besseren belehren. Beim erstbesten Ostwind fiel die Temperatur im Badezimmer, das auf der Ostseite lag, auf
einstellige Pluswerte. Und das obwohl die Heizung
auf höchster Stufe lief. Die dicken Handtücher, die
wir vor die Dachflächenfenster hingen, hielten zwar
den eisigen Ostwind ein wenig ab, sie sorgten aber
auch für ständige Dämmerung im Bad.

Und dann die Dachterrasse. Ja, so etwas hatte ich
mir schon immer gewünscht. Diese sollten wir nur
sehr umsichtig nutzen. Blumentöpfe mussten doch
bitte immer einen Untersetzer haben, damit eventu-
elle Staunässe nicht in den Bodenbelag einziehen
konnte. Und weder meine liebe Frau noch weiblicher
Besuch sollte den Außenbereich mit Stöckelschuhen
betreten. Zu groß sei die Gefahr für Undichtigkeiten
im Belag der Dachterrasse.

Als Herr Fehlerstrom im Frühjahr das Dach seines Geräteschuppens mit der Wurzelbürste schrubbte und danach zu dem des Hauses überging, schauten wir uns nur kopfschüttelnd an. „Spinner gibt's immer und überall", sagten wir fast gleichzeitig.

Monate später sahen wir im Fernsehen einen Bericht zum Klimawandel, der uns nur zu einem müden Lächeln veranlasste. Wir hatten den Klimawandel, der sich unter anderem in Temperaturextremen bemerkbar macht, wie der interviewte Klimawissenschaftler glaubhaft in die Kamera sagte, bereits erlebt. Höhere Temperaturen im Sommer und niedrigere im Winter waren für uns fast schon Normalität.

Um dem Ganzen die Krone aufzusetzen, stellte sich Herr Fehlerstrom mit der Zeit als Choleriker übelster Art heraus. Wann immer er glaubte, sich aufregen zu müssen, und das geschah in für ihn ungesunder Häufigkeit, lief sein Kopf rot an und er begann sein Gegenüber verbal zu attackieren. Als er dies in böser Art und Absicht auch gegenüber meiner Maus machte, war klar, dass wir diesem Spinner und seiner Rumpelbude schnellstmöglich den Rücken kehren mussten.

Weshalb wir uns recht kurz nach dem Einzug, um den Auszug kümmerten. Jedoch steht vor dem Auszug die Aufgabe, eine neue Bleibe zu finden. Fernab von Fluglärm und Spinner, aber immer noch nahe genug zum Arbeitsplatz. Dies schränkte die Auswahl ein wenig, aber nicht gravierend ein, so dass wir auch dieses Mal recht zeitnah eine Wohnungsbesichtigung vereinbaren konnten. Bei dieser Wohnung hatte es uns der Whirlpool im Bad ganz besonders angetan. Und wir waren auch dieses Mal richtig froh, dass wir eine wirklich tolle Wohnung gefunden hatten. Einziger Nachteil: kein eigener Parkplatz. Aber damit konnten wir leben. War doch auf der gegenüberliegenden Straßenseite ein großer Parkplatz, keine fünfzehn Meter entfernt.

Der Vermieter, Herr Norbert Namaste, war augenscheinlich auch kein Spinner, sondern eher sympathisch. Die Mitbewohner, vier Parteien an der Zahl, machten einen ordentlichen Eindruck und das Treppenhaus war zwar altmodisch, aber sauber. Dass es dort immer nach Weichspüler riechen sollte, das war uns beim Einzug natürlich noch nicht klar. Auch wenn mir in damaliger Zeit häufiger ein Liedtext von Udo Jürgens mit dem Satz *Es roch nach Bohnerwachs und Spießigkeit* einfiel, hatten wir zunächst keinen Zweifel, dass nun alles gut werden würde.

Einen Spinner als Vermieter hatten wir wirklich nicht. Die Nachbarn unterschieden sich nach Eigentümern und nach Mietern. Da konnte man schon ganz deutlich merken, wer im Haus etwas zu sagen hatte und wer nicht. Das Alpha-Frauchen, Frau Roberta Ringelblume, die Frau, die sich mehr mit dem Putzlappen und ihrem Hund befasste als mit Ihrem Ehemann, war eine der Eigentümerinnen. Sie versuchte, den Eindruck von Eleganz, Wohlstand und gehobenem Status zu vermitteln, konnte aber diesem hehren Anspruch, den sie an sich selber stellte, zu keiner Zeit gerecht werden. Was sie aber nicht daran hinderte, die *feine Lady von Adelstand* zu mimen.

Oder Karin und Klaus-Bert Kleinkram, die Leute unter uns. Ebenfalls Eigentümer und genau wie die *Ringelblumes* aus der besseren Kaste. „Wir sind selbständige Unternehmer", teilten sie uns unaufgefordert mit, als wir uns ihnen vorstellten. In der Ackerstraße sei ihr Betrieb, direkt neben der Bauunternehmung *Rumpel & Co.* Nun wussten wir durch eine frühere Wohnungsbesichtigung, dass in der besagten Straße neben der Firma *Rumpel & Co.* nur eine Kuhweide war. Entweder war die Familie Kleinkram im Agrarumfeld tätig oder wir hatten deren Betrieb aus Unachtsamkeit übersehen. Als wir daher auf dem Weg zum nächsten Einkauf in der Nähe der Ackerstraße unterwegs waren, meinte meine Petra zu mir: „Komm, lass uns die *Kleinkrams* einmal in deren Betrieb besuchen. So auf gute Nachbarschaft, einfach einen Kaffee trinken". Kaffee war immer eine gute Idee und daher stimmte ich sofort zu. Eine kleine Rechtskurve und schon standen wir vor *Rumpel & Co.* Der Firmensitz der Gebrüder Rumpel war richtiggehend klotzig und überragte alle anderen Gebäude in der Straße bei weitem. Daher bemerkten wir den Betrieb der Familie Kleinkram auch erst auf den zweiten oder dritten Blick. Wir schauten uns nur an und lächelten, als wir fast gleichzeitig den Namenszug *Karin's Currywurst-Paradies* lasen.

So viel zu den Bewohnern dieses heimeligen Hauses, denn die anderen Mitbewohner waren, genau wie wir, unbedeutende Mieter und bekamen Informationen, die alle Bewohner betrafen, grundsätzlich später oder erst gar nicht mit. Mit diesen *Unsportlichkeiten* konnten wir allerdings gut leben. Hatten wir doch schließlich auch den Spinner in der Wohnung zuvor überlebt. Was war schon schlimm daran, dass diese Roberta meinte, besser zu sein als wir?

Schlimm wurde es aber zu Zeiten von Frühkirmes und Schützenfest. Jedes Jahr zum Himmelfahrtstag fand in diesem Stadtteil das alljährliche Schützenfest statt. Eine Brauchtumsveranstaltung mit sehr lauter Musik und noch mehr Alkohol bis in den frühen Morgen. An sich nicht das Problem, wenn die zehn Prozent der Bevölkerung ihrer Brauchtumspflege außerhalb des Ortes nachgegangen wären. Unglücklicherweise standen Fahrgeschäfte und Festzelt aber mitten im Ort. Die nächsten Wohngebäude, wozu auch unseres gehörte, lagen etwas in 20 Meter Luftlinie entfernt. Wir hätten auch das noch ertragen, insbesondere weil dieser Ausnahmezustand nur zwei Mal im Jahr angesagt war. Außerdem war es auch immer wieder sehr belustigend, die zumeist älteren Herren irgendwelcher Schützenvereine mit Holzgewehren im Anschlag durch die Straßen marschieren zu sehen. Einzig die Menschen, die mit einer Gasdruckkanone durch die Straßen marodierten und ihre Kanone abfeuerten, dass die Gläser im Schrank erzitterten, waren alles andere als lustig. Aber das gehöre nun mal zum Brauchtum und dessen Pflege. So erklärte man es uns seitens der Behörden.

„Hm…Brauchtumspflege. Aha. Im Mittelalter wurden Leute schon wegen weniger auf dem Scheiterhaufen verbrannt. Würde es heute auch als Brauchtumspflege gelten, wenn wir diese Typen mit Ihrer Kanone auf dem Scheiterhaufen in Brand stecken?". Diese Frage stellte ich einem hochrangigen Vertreter der Schützenbruderschaft. Ich muss nicht gesondert erwähnen, dass dessen Reaktion nicht geeignet ist, um sie an dieser Stelle wiederzugeben.

Der Parkplatz gegenüber wurde vielfach genutzt. Damit waren die Investitionen der Stadt bezüglich der Unterhaltskosten, wie der alljährliche Grünschnitt entlang der Fläche, gerechtfertigt. So war der Parkplatz nämlich nicht nur Park- und Kirmesplatz. Verwendung fand er auch für multikulturelle Darbietungen wie Flohmärkte und als betreuungsfreies *Open-Air-Jugendzentrum*. Die Stadtverwaltung war diesbezüglich sehr einfallsreich und sorgte daher stets dafür, dass die stadteigene Fläche regelmäßig einem breiten Publikum zur Verfügung stand. Besonderes Highlight, speziell für die unmittelbaren Anwohner, waren die an den Wochenenden stattfindenden *Roller-* und *PKW-Rennen*, die dort durch die Jugend des Ortes dargeboten wurden.

Aber auch fröhliche Zusammenkünfte der jungen Stadtteil-Bewohner trugen zum besseren Verständnis dieser Altersgruppe bei. Gerne teilten die jungen

Menschen osteuropäische Getränkespezialitäten und niederländische Raucherzeugnisse aus der alternativen Landwirtschaft miteinander. Dieses Verhalten stärkte deren soziale Kompetenz und die Bereitschaft, auch den Mitmenschen mit Freundlichkeit zu begegnen.

Ganz besonders will ich hier noch eine unwahrscheinlich großzügige Geste hervorheben. Den jungen Menschen dieses Stadtteils lag die Freizeitgestaltung der Anwohner sehr am Herzen. So kam es, dass sich die jungen Leute während einer ihrer Zusammenkünfte dazu bereit erklärten, sich der Beschallung der Anwohner anzunehmen. Vorbei die Zeit der Stille und Tristesse. Heiterkeit und Fröhlichkeit sollten stattdessen bei den Anwohnern des Parkplatzes einziehen. Dafür schlugen sich die jungen Leute sogar ganze Nächte um die Ohren.

Irgendwann hatten wir genug von Brauchtumspflege, Heiterkeit und regen Treiben auf dem Platz vor unserem Haus. Wir brauchten Ruhe und Natur. Die große Stadt war nichts für uns, das hatten wir schmerzlich erfahren müssen. „Lärm ist Lärm und Spinner sind Spinner", sagten wir uns und entschieden, der Stadt den Rücken zu kehren und in unsere Heimat zurückzukehren. Schließlich waren wir Landeier und wollten dies auch bleiben. Für die Stadt muss man geboren sein. Wir waren dies jedenfalls nicht.

Laufend abnehmen – Paul läuft

Es gab und gibt Tage, an denen sollte man im Bett bleiben. Dann geschehen Dinge, die einem so gänzlich den Spaß am Leben nehmen können.

Mein erster Gesundheitscheck bei meiner Hausärztin war solch ein Erlebnis, was einem den Tag so richtig vermiesen konnte. Die Blutabnahme im Vorfeld war an sich schon schlimm genug. Eine Nadel im Arm ist wider die Natur. Das weiß mein Unterbewusstsein und reagiert mit kaltem Schweiß, Schwindel bis hin zur Ohnmacht. Die Urinprobe mittels *Mittelstrahl* ist für einen in solchen Dingen unerfahrenen Mann mittleren Alters eine Herausforderung. Denn was zum Teufel ist ein *Mittelstrahl*?

Auf den Höhepunkt trieb es Frau Dr. med Angela Pectoris zum Abschluss meines Vormittages in der Arztpraxis, indem sie zu mir sagte: „Herr Paul", es folgte eine dramatisierende Pause, „sie müssen etwas für ihre Gesundheit tun!".

„Puh", dachte ich. „das ist ja nochmal gut gegangen. Erst einmal durchatmen - keine ernsthafte Erkrankung - nur was für die Gesundheit tun".

„Sie müssen Sport treiben. Ansonsten sehe ich schwarz für ihre gesundheitliche Zukunft".

„Und an was haben sie da so gedacht?" fragte ich noch immer recht entspannt. Wenngleich ich auch schon eine dumpfe Vorahnung hatte.

„Tja, wenn sie vorhaben sollten, noch ein paar Jahre zu leben und das auch noch halbwegs angenehm, dann sollten sie über eine Ausdauersportart nachdenken."

„Ausdauersport? Meinte sie etwa Schwimmen, Radfahren oder gar Laufen?", dachte ich.

„Nun sehen sie", fuhr die Ärztin fort. „sie haben grauenvolle Blutwerte, ihr Blutdruck erreicht schwindelerregende Höhen und ihr Atemvolumen wird von jedem Säugling überboten. Kurz gesagt, wenn sie weiterhin jedwede Bewegung scheuen und das Rauchen nicht einstellen, sage ich ihnen ein jähes und vor allem sehr baldiges Ende voraus. Herzinfarkt und Schlaganfall sind nur zwei mögliche plötzliche Ereignisse, die sie recht bald ereilen werden."

Und als ob sie meine Gedanken hätte lesen können, sagte Frau Dr. Pectoris: „Und mit Ausdauersport meine ich Radfahren, Schwimmen oder Joggen. Probieren sie einfach aus, was ihnen am ehesten gefällt. Aber bleiben sie dran! Denken sie an ihre Gesundheit und an den Ernst der Situation!".

Im Grunde war ich immer ein Sportfan. Ich liebte das Fußballspiel, die Leichtathletik zog mich schon seit der Kindheit in ihren Bann und der Berlin Marathon war jedes Jahr ein fester Termin in meinem Kalender. Aber ähnlich wie ein TV-Sportsender vor Jahren mit dem Slogan „*Mittendrin - statt nur dabei*" warb, war ich nur *dabei* und nicht *mittendrin*. Soll heißen, ich saß VOR dem Fernseher, während sich die, denen ich zuschaute, abmühten. In dieser Rolle hatte ich mir bis dahin auch immer sehr gut gefallen. Und dies sollte sich nun ändern? Wie hatte Frau Dr. Pectoris noch gesagt: *...über eine Ausdauersportart nachdenken…*?

„Nachdenken ist einfach", dachte ich zynisch und wollte schon wieder in den Alltagsmodus wechseln. Die Ärztin hat mal wieder vollkommen übertrieben. „Typisch Mediziner. Wenn die einem keine Angst einjagen können, sind sie traurig und haben einen unerfüllten Tag".

Über diese Gedanken kam auch schon der Bus. Ich sprintete los, das Gefährt des öffentlichen Personennahverkehrs noch zu erwischen. Doch ich war nicht schnell genug, so sehr ich mich auch anstrengte. Der Bus war schon wieder weg, noch ehe ich die Haltestelle erreichen konnte. Aber man ließ einen Fahrgast nicht lossprinten, um ihn dann doch noch stehen zu lassen. Keuchend verfluchte ich Berthold Bräsig, den Busfahrer und schwor mir, diesen Typen bei der nächstbesten Gelegenheit einmal so richtig rund zu machen.

„Geht es ihnen nicht gut? Soll ich einen Arzt rufen?", hörte ich eine Stimme fragen. In meinem Kopf dröhnte jeder Herzschlag wie eine Dampframme. Ich schaute auf und sah in das besorgte Gesicht einer älteren Dame. „Setzen sie sich und atmen sie erst einmal durch. Sie sind ja vollkommen bleich". Mit diesen Worten stand sie von der Bank des Wartehäuschens auf und deutete mir an, ihren Platz einzunehmen. Was ich auch gerne in Anspruch nahm, obwohl die Dame mindestens vierzig Jahre älter war als ich. Aber in diesem Augenblick störte mich das nicht. Ich musste mich einfach setzen, ehe ich in mir zusammensacken würde. Bei diesem Sprint hatte ich mich vollkommen verausgabt.

Zuhause angekommen, nahm ich meinen Regelalltag wieder auf. Den Arztbesuch hatte ich schon fast wieder vergessen. Und jedes Mal, wenn ich in den folgenden Tagen einen Gedanken an die Worte von Frau Dr. Pectoris fand, dachte ich nur: „Wird schon alles nicht so schlimm sein. Ich bin halt nur nicht für den Sport, zumindest für die aktive Variante davon, geboren". Dessen war ich mir sicher. Da benötigte ich auch keine Belehrungen einer Doktorin der Medizin. Einer Spezies der Gattung Mensch, die grundsätzlich alles besser weiß und den Mitmenschen dieses Wissen gerne aufdrängt, ganz gleich, ob das Gegenüber dies wünscht oder nicht.

Ich hatte es mir gerade auf der Couch vor dem Fernseher bequem gemacht, als ich plötzlich ein Stechen und Ziehen in der Brust verspürte, was bis in den linken Arm ausstrahlte. Es folgten noch kalter Schweiß und Atemnot. Aber eine andere Atemnot. Nicht wie die vor einigen Tagen an der Bushaltestelle. Es war vielmehr eine beklemmende Art, die Panik in mir aufsteigen ließ. „Mein Gott, bitte lass das kein Herzinfarkt sein. Den habe ich nicht verdient, auch weil ich noch so jung bin". Gefühlte Stunden später, eigentlich waren es nur knappe fünf Minuten nach Auftreten, klangen die Symptome wieder ab. Meine Atmung normalisierte sich. Die Schmerzen verschwanden und es war alles, wie vor dem Anfall. Alles? Nein! Denn, war das eine Warnung gewesen? Ein Schuss vor den Bug? Ich war nachdenklich geworden und dachte von nun an häufig über meinen Lebensstil und das Verhältnis zu meinem eigenen Körper nach. „Hat die Ärztin etwa doch recht gehabt?", fragte ich mich immer häufiger.

Tage später beschloss ich, mit dem Rauchen aufzuhören, denn es gibt immer etwas, was man sofort tun kann. Ich legte die Zigaretten zur Seite und entschied, dass ich ab dem nächsten Tag nicht mehr rauchen würde. Und ich hielt durch. Charakterstärke ist eine meiner wesentlichen positiven Eigenschaften. Denn eigentlich ist es ganz einfach, das Rauchen aufzugeben, man muss nur aufhören wollen. Und mit jeder Stunde, jedem Tag, jeder Woche und jedem Monat entfernt man sich mehr und mehr von den Zigaretten und dem Bedürfnis, rauchen zu wollen. Und wenn man merkt, dass das Verlangen nach einer Kippe aufkommt, sagt man sich einfach: „Wenn ich jetzt eine rauche, war die ganze Zeit der Abstinenz für die Katz. Denn mit der ersten Zigarette beginnt die Nichtraucher-Uhr wieder bei 0:00 Uhr zu ticken!".

Das war Schritt Nummer eins in mein neues Leben, das zu beginnen ich beschlossen hatte. Meinen Eltern viel bereits nach wenigen Tagen auf, dass etwas nicht stimmte. „Junge, was ist los mit dir? Du machst einen so gesunden Eindruck. Dein Teint ist auch nicht mehr so fahl. Richtig gut siehst du aus".

„Ihr wisst doch, ich verfolge meine Ziele immer konsequent. Und mein Fokus liegt aktuell auf meiner Gesundheit. Das Rauchen war Nummer eins. Nun kann Schritt Nummer zwei folgen". Schritt Nummer zwei. Das war ein anderes Kaliber als Nummer eins. Jetzt erwartete meinen Körper eine weitaus größere Anstrengung.

Ich war schon seit meiner Kindheit sehr muskulös gebaut. Nun hatten viele meiner Muskeln in der letzten Zeit, sagen wir mal, an Spannkraft verloren. Peter meinte einmal: „Du bist ein ganz schöner Schwabbel geworden. Überall hängen die Restmuskeln nur so rum. Bei deiner Kondition schaffst du gerade mal eine Etage. Einen Hüftring haste auch schon. Da darfst du deine Hosen bald im XL-Laden kaufen. Mensch Kumpel, Du musst was tun!".

„Leichter gesagt, als getan. Etwas tun. Ok. Aber was?", grübelte ich vor mich hin. Die Berichterstattung über den Berlin-Marathon, die gerade im TV lief, brachte mich auf die Idee. „Ich werde mit dem Laufen beginnen. Ja, das werde ich tun. Ich nehme meinen persönlichen Kampf gegen XL-Läden und Atemnot auf."

Aber ich bin kein Mensch, der solch wichtige Dinge dem Zufall überlässt. Daher war es zunächst erforderlich, dass ich mich mit dem notwendigen Equipment ausstattete, was jedoch kein Problem darstellte. Im gut sortierten Warenhaus meines Vertrauens fand ich in der Sportartikelabteilung ein paar schicke Sportschuhe. Dem Aufkleber auf dem Karton entnahm ich, dass es Laufschuhe waren. Also waren diese schon so gut wie im Einkaufswagen. Nur noch ein kurzer Check:
Preis? Ok.
Größe? Passen.
Aussehen? Schick.

Rein in das Wägelchen und ab zur Kasse. Auf dem Weg dorthin stand noch ein Kleiderständer mit Funktions-Shirts. Preisreduziert und professionelles Design. „Das kann nicht schaden. Darin wirke ich bestimmt professionell und so richtig cool", dachte ich und glaubte mich daran zu erinnern, bei der Leichtathletik-Weltmeisterschafts-Übertragung im Fernsehen, einen jamaikanischen Weltklasse-Läufer mit genau diesem Shirt gesehen zu haben. „Wenn der das trägt, dann kann es auch nur gut für mich sein!", schlussfolgerte ich, ehe ich mich in die Schlange an der Warenhaus-Kasse einreihte.

Das Equipment für den Start in mein neues und gesundes Leben hatte ich also beschafft. Ging ja schneller als gedacht. Jetzt musste ich nur noch die erste Laufroute planen. Dazu muss man wissen, dass mein erster Lauf in eine Zeit fiel, in der das Internet noch in den Lauflernschuhen steckte. Ich musste die Streckenlänge abschnittsweise auf einer Karte, die zwar schon digital, aber nicht so ausgeklügelt wie heute war, ermitteln und dann die Einzelergebnisse aufaddieren. So kam ich nach einigem Ausprobieren auf eine ungefähre Laufstrecke von drei Kilometern. Genau die Länge, die ich mir für den ersten Lauf ausgesucht hatte. Jetzt sollte es endlich losgehen können.

Die Strecke im Kopf und zur Sicherheit, auch noch mal auf ein Stück Papier gebracht und in die Hosentasche gesteckt, stand ich fertig sportgekleidet im Hof und war bereit, zu starten. „Ich bin noch jung", dachte ich. „Ein wenig die Beine strecken und den

Rücken durchdrücken. Fertig. Dann kann es losgehen!". Eine Minute später drückte ich den Startknopf meiner nagelneuen trendigen Puls-Uhr mit Burstgurt, atmete nochmals tief ein und lief los. „Das geht ja prima", dachte ich. „Viel einfacher als gedacht. Eigentlich könnte ich noch eine Schippe drauflegen. Es geht noch schneller", stellte ich im Hochgefühl der ersten zweihundert Meter enthusiastisch fest.

Leider ging dies, was so schnell und einfach begann, genauso schnell und einfach in die Beine und die Lunge. Will meinen, dass sich bereits nach besagten zweihundert Metern, erste Ermüdungserscheinungen in meinen unteren Extremitäten bemerkbar machten. Das Atmen wurde auch immer schwieriger. Aber ich achtete nicht wirklich auf diese Signale meines Körpers, hatte ich doch schließlich meine drei Kilometer als Ziel vor Augen.

Nach fünfhundert Metern kamen mir doch erste Zweifel.

„Ich sollte besser etwas langsamer machen. Das wird doch etwas schwerer als vermutet", versuchte ich mich zu bremsen.

„Nur nicht stehenbleiben", das hatte ich aber auch irgendwo gelesen. War es etwa in Peters Laufbuch gewesen?

„Egal! Langsam machen!", das signalisierte mir mein Körper immer deutlicher und mit jedem weiteren Schritt.

„Achte nicht darauf. Da vorne kommt Jürgen Jagdmeister, der Nachbar von Nummer 5. Und vor

dem willst du doch keine Schwäche zeigen, oder?!",
widersprach hingegen mein Verstand.

Doch wem sollte ich folgen? Verstand oder Körper?
Ich entschied mich für einen Kompromiss: „Mache
ich halt langsamer. Aber nicht so langsam, dass der
Nachbar merkt, wie platt ich bin".

Dieser Plan ging auf. Jürgen nickte mir anerken-
nend zu, während ich versuchte, cool und entspannt
an ihm vorbeizulaufen. Ich lächelte zurück und
hoffte inständig, dass Jürgen mir dieses Lächeln ab-
nahm, was dieser wider Erwarten auch tat.

Das Problem *Nachbar* war gelöst und damit schon
ganze achthundert Meter geschafft. Eigentlich hätte
ich nun umkehren sollen, das war mir klar. Denn
wenn meine Beine auch noch bereit waren, ihren
Dienst zu verrichten, so machte sich ein Gefühl der
Ermüdung mehr und mehr in meinem Körper breit.
Das reichte vom schweren Atmen über starkes
Schwitzen bis zum Pochen meines Herzens, das ich
überlaut wahrnahm.

Wenn man mich heute fragt, wie ich es geschafft
habe, meinen ersten Lauf in geplanter Länge durch-
zustehen, antworte ich immer mit einem Augenzwinkern: „Keine Ahnung! Ich denke, es war lediglich der
bloße Wille zu überleben. Irgendwie schaffte ich die
Strecke halt".

Die letzten Laufschritte oder zumindest etwas
Schrittähnliches und ich ließ austrudeln. Endlich,

nach einer gefühlten Ewigkeit, durfte ich stehenbleiben. Mein ganzer Körper zitterte, zwischen den Hus-
tenanfällen konnte ich auch den einen oder anderen
Atemzug machen. Der Schweiß ran mir in Strömen
über jeden Quadratzentimeter meines Körpers und
mein Kopf pochte. Und trotzdem fühlte es sich gut
an. *I feel good* - klang es in mir und wäre ich nicht so
endlos erschöpft gewesen, hätte ich vor Glück Luft-
sprünge machen können. So aber beließ ich es dabei,
das Glücksgefühl, den Lauf geschafft und überlebt zu
haben, zu genießen. Es fühlte sich in der Tat gut an.
Ach, was sage ich. Es war phänomenal und ich war
infiziert. Das Laufvirus hatte mich erwischt. Aber das
wusste ich zu diesem Zeitpunkt noch nicht.

„Jetzt muss ich erst einmal in den ersten Stock und
in die Wohnung kommen", das war nun mein vor-
rangiges Problem. Mit zitternden Beinen stieg ich die
wenigen Stufen bis zur rettenden Couch empor und
ließ mich einfach nur auf das Möbel fallen.

Durst - dieser Instinkt meldete sich vehement. Ich
nahm eine Flasche Wasser und trank in einem langen, endlos scheinenden Schluck, das herrlichste
Nass, das ich je genießen durfte. Da war es beinahe
schade, die Flasche wieder abzusetzen, so gut war
das Gefühl. Langsam normalisierte sich meine Atmung und auch der Hustenreiz war nicht mehr so pe-
netrant, wie noch kurz zuvor. Eine gefühlte Ewigkeit,
tatsächlich aber zehn Minuten später, ging es mir
wieder leidlich gut. Zumindest so gut, dass ich mich
erheben und zur Dusche gehen konnte.

Nach der vitalisierenden Dusche hatte ich das übermächtige Gefühl, mich wieder auf die Couch legen zu müssen. Mein Körper meldete sich mit unbändigen Verlangen nach Ruhe.

„Dann hau ich mich was auf's Sofa. Hab' ich mir ja auch verdient", sagte ich zu mir und schon lag ich auf dem Liegemöbel. Wie gut das tat. „Nur mal kurz alle Viere von sich strecken. Alle Muskeln des Körpers entspannen", waren meine letzten Gedanken. Als ich am nächsten Morgen im Bett aufwachte, konnte ich mich nicht mehr daran erinnern, wie ich in dasselbe gelangt war.

Das Laufvirus hat eine sehr kurze Inkubationszeit. Entweder erwischt es Sie sofort oder aber es verschont Sie. Testen Sie es doch einfach einmal aus und lassen Sie sich überraschen, welche positiven Effekte und Erlebnisse mit dem Laufen in Verbindung stehen.

Reif für die Insel – Lanzarote

Am Ende eines besonders anstrengenden Jahres wollten wir unseren Kindern ein anderes Geschenk, als Socken, Oberhemden oder Schlafanzüge zu Weihnachten machen. Sie hatten sich eine Belohnung verdient. Das etwas andere Geschenk sollte es sein.

Und so verkündeten wir ihnen am Heiligen Abend, dass wir im darauffolgenden Sommer mit ihnen zusammen auf die Kanareninsel Lanzarote fliegen wollten. Sie seien von uns dazu eingeladen, alles inklusive selbstverständlich. Das waren die ersten Schritte in einen unvergesslichen Urlaub.

Meine Maus und ich waren direkt am Tag nach dem Fest im Reisebüro und haben dort zehn Tage für sechs Personen (wir, unsere Kinder und eine Schwiegertochter in spe) gebucht. Der Besitzer der Reiseagentur war sehr freundlich. Ob dies an der Größe des Auftrags oder am Naturell des Chefs lag, wissen wir nicht. Dies sei aber auch nur am Rande erwähnt.

Die Zeit bis zum Juni, unserem Startmonat, kroch nur so dahin. Die Wartezeit war lang genug, um alles genauestens zu planen. Schließlich sollte der Urlaub ja auch perfekt werden. Vom Transfer zum Flughafen, für den wir ein Taxi bestellt hatten, bis hin zum Rückflug. Für beide Flüge mit einer renommierten deutschen Fluggesellschaft, hatten wir aus diesem

Grund auch Sitzplätze, selbst-verständlich kosten-pflichtig, gebucht. Und damit wir möglichst viel von den zehn Tagen haben sollten, hatten wir für den Hinflug einen frühen und den Rückflug einen späteren Termin ausgewählt.

Endlich war der Tag des Abflugs gekommen. Was aber nicht kam, das war das bestellte Taxi. Unser Zeitplan geriet erstmals gefährlich ins Wanken. Auf unsere telefonische Nachfrage, wo denn das Fahrzeug bliebe, erhielten wir nur zur Antwort: „Glauben sie, sie sind alleine? Der Wagen kommt etwa eine Stunde später als ursprünglich vereinbart. Das reicht schon noch".

Ok, das reichte in der Tat und wir kamen zwar später, aber immer noch pünktlich am Flughafen an. Wir hatten ja außerdem die Sitzplätze reserviert. „Hat auch ne Stange Geld gekostet. Aber man gönnt sich ja sonst nichts", pflegte ich jedes Mal zu sagen, wenn meine liebe Frau mich auf die Kosten für die Sitzplatz-Reservierung ansprach.

Da standen wir also in der Schlange am Schalter. Sechs Personen und deren Gepäck für mindestens zehn Tage in der Sonne. Wir standen und standen. Und standen. Kurz vor regulärer Abflugzeit kam Bewegung in die lange Reihe von Menschen. Ein freundlicher Mitarbeiter der Fluggesellschaft, von der wir als zuverlässiger Fluglinie ausgegangen waren, teilte uns mit, dass unser Flug storniert sei und wir mit Bussen zu einem anderen Flughafen transportiert werden würden. Weitere Information habe er auch nicht. Es würde sich also auch nicht lohnen, ihm noch weitere Fragen zu stellen. Wir erhielten aber Verzehrgutscheine. Jeder im Wert von 15 Euro. Mir war der Appetit eigentlich gehörig vergangen. Aber die 15 Euro wollte ich der Fluggesellschaft, die ausgerechnet einen Geier als Wappentier ausgewählt hatte, auf keinen Fall schenken.

„Wir gehen jetzt zu irgendeinem Gastroladen hier am Flughafen und hauen die 15 Euro auf den Kopf. Und dass Ihr mir so viel wie möglich davon ausgebt", sagte ich mit dem Gefühl der Rache des kleinen Mannes.

Nun gut, ich will an dieser Stelle abkürzen. Stunden später saßen wir alle in Bussen und wurden zu einem Flughafen in zirka 250 km Entfernung gekarrt. Zwischenzeitlich hatten wir auch erfahren, dass der Flug irgendwann am nächsten Tag gehen sollte. Wir würden in einem Hotel übernachten. „Tolle Sache. Ein Tag Urlaub weniger", sagte nicht nur ich an diesem Tag zum wiederholten Male.

Am anderen Flughafen angekommen, drehte der Bus eine Runde nach der anderen um einen Hotelkomplex, weil der Busfahrer nicht wusste, wo der war, an dem er seine genervte *Fracht* abliefern sollte. Er hat es dann aber doch gefunden, so dass wir uns in die Schlange zum Check-In im Flughafen-Hotel einreihen konnten. Unwesentliche 45 Minuten später erhielten wir Schlüsselkarten für unsere Zimmer und die Information, dass man immer noch nicht wisse, wie und wann es am nächsten Tag weitergehen würde.

Auch an dieser Stelle möchte ich abkürzen. Wie waren um 4:00 Uhr morgens am Check-In-Schalter der *Geier-Fluggesellschaft* und kamen auch recht zügig durch die Sicherheitskontrolle, die von überaus freundlichen und kompetenten Personen durchgeführt wurde. „So muss man sich einfach sicher fühlen", sagte ein Mit-Passagier zu mir. „Der Frau da vorne haben sie ein Gasfeuerzeug abgenommen, weil das ein *Zippo* gewesen sein soll. Das konnte der Typ bestimmt gut gebrauchen, denn ein *Zippo* war das nie und nimmer! Ein Glas Honig hatte die arme Frau auch noch dabei. Hatte! Das war ein Glas cremiger Honig, als Geschenk verpackt. Den hat nun der andere Sicherheitsmensch. Na ja, ist ja auch Frühstückszeit. Der Dame ist der erste, ach ne, ist ja schon der zweite Urlaubstag, ganz schön verhagelt. Und das morgens um halb fünf".

Aber wir konnten uns alle ein wenig beruhigen und ausspannen. Die bequemen Stühle und Sitze auf dem Flughafen luden nach einer durchwachten Nacht zu einer Ruhepause von vier Stunden ein, ehe endlich in Richtung Flugzeug geblasen wurde.

Nicht um den Bus, der uns über das Rollfeld brachte, kurz an der Maschine stehen zu lassen und dann wieder zum Terminal zurück zu beordern. „Da stand die Maschine seit dem Vortag auf dem Rollfeld und zwei Minuten, bevor die Passagiere an Bord gehen sollen, fällt dem Kapitän auf, dass ein Reifen gewechselt werden muss. Das ist doch wohl ein schlechter Witz!", sagte eine Frau, die schon Schnappatmung bekam und bei mir die Angst vor einem medizinischen Notfall auf dem Rollfeld aufkommen ließ. Aber auch ich war nur wenig ruhiger. Denn mittlerweile war ich bereit, jeden Vertreter dieser Luftfahrtgesellschaft persönlich auf den Mond zu wünschen. Leider bekamen wir außer dem Bordpersonal keinen anderen Mitarbeiter dieser seltsamen Firma mehr zu Gesicht.

Hier möchte ich zum dritten Mal abkürzen. Wir kamen also tatsächlich auf unserer Urlaubsinsel an. Zwar mit einem Tag Verspätung, aber immerhin waren wir da und durften einige wundervolle Tage bei sehr, sehr netten und lieben Menschen verbringen. Das Hotel sowie *All Inclusive* waren hervorragend und so hätte der Urlaub noch ein gutes Ende nehmen können.

Wäre da nicht der Rückflug gewesen. Sie ahnen es bereits - nicht wahr? Denn auf dem Inselflughafen angekommen, durften wir aus dem Bus aussteigen und direkt wieder einsteigen. Unser Flug sei storniert, sagte uns eine überforderte Dame der Reiseleitung. Wir würden mit Bussen zu anderen Hotels gebracht und dann vielleicht am nächsten Tag nach Deutschland fliegen. „Deutschland? Vielleicht? Das hört sich aber nicht nach einem Plan an", ereiferte sich ein Mitflieger. Oder besser, jemand, der gerne unser Mitflieger gewesen wäre. Also wurden wir alle in diverse Hotels gebracht. Dort angekommen, wusste man genau wie beim Hinflug nicht, wie und wann es weitergehen sollte.

Lange Rede, kurzer Sinn. Wir sind am Folgetag mit einer Ersatz-Fluggesellschaft nach Deutschland geflogen und haben an Bord sogar etwas zu essen, äh lutschen bekommen, da das Sandwich noch tiefgefroren. Aber man muss auch mal alle Fünfe gerade sein lassen. Denn manchmal zählt auch einfach nur der gute Wille.

„Lanzarote ist eine wunderschöne Insel. Ich könnte mir sogar vorstellen, dort zu leben. Doch wie sollen wir da hinkommen? Nochmals fliege ich nicht mit der Geier-Fluggesellschaft", sagte meine liebe Frau zu mir, als wir nachts endlich zuhause waren.

„Wir haben ja uns. Und wer weiß, vielleicht finden wir auch eine andere Art, Urlaub zu machen. In einen solchen Riesenvogel steige auch ich nicht mehr", versprach ich meiner Petra, geborene Peter.

Wenn Sie nun glauben, dass diese Geschichte meiner Phantasie entsprungen ist, muss ich Sie leider enttäuschen. Dies ist das einzige Kapitel, das sich sehr nah an tatsächlichen Geschehnissen anlehnt.

Camping oder was? - Freizeitdomizil

Unsere fast traumatischen Erlebnisse mit dieser bestimmten deutschen Fluglinie brachten uns dazu, über alternative Anreisemöglichkeiten nachzudenken.

Das Auto stellte für uns die einzig praktikable Variante zur An- und Rückreise in den Urlaub dar. Das wiederum schränkte uns in der Auswahl der Reiseziele erheblich ein. Zwei- oder mehrtägige Anreisen konnten und wollten wir uns nicht mehr antun.

Im Grunde benötigten wir diesen Rückzugsort vielmehr auch als Fluchtstätte. Da unser Hauptwohnsitz zudem zwar eine Terrasse und eine Winzigkeit von Rasen für uns bereithielt, aber auch ebenso Nachbarn, die sich um ein soziales Miteinander recht wenig scherten, beschlossen wir, uns einen Zweitwohnsitz zuzulegen, der als Wochenend- und Urlaubsdomizil dienen konnte. Daraufhin schränkten wir unseren Suchradius auf etwa fünfzig Kilometer ein.

Sie würden uns verstehen, wenn Sie ebenfalls die überlaut dargebotenen Songs eines in Kenia geborenen britischen Sängers und Kunstpfeifers hätten ertragen müssen.

Oder die bemerkenswerten Bierabende des Manfred Malupke. Er verzauberte uns immer wieder mit einer Intonation freiwerdender Kohlensäure aus dem Gerstensaft und sich explosionsartig ausdehnenden

Verdauungsgasen. Nahezu legendär waren seine Happenings, die er mit seinen Künstlerkollegen bühnenreif zelebrierte. Den Anwesenden gelang es zu diesen Gelegenheiten, die oben genannten akustischen Elemente zu multiplizieren. Teils im Kanon, teils zeitgleich. Abgerundet wurde diese akustische Installation durch den Bass aus einer preiswerten Stereoanlage der Marke *Blech&Hohl*. Sehenswert waren aber auch die Rauchornamente, die er mit Hilfe seines Terrassenofens und einiger Altmöbel auf unsere Terrasse und in die zum Trocknen aufgehängte Wäsche zeichnete.

Wir lebten in einer schönen Gegend unweit zu den Niederlanden und die Niederländer haben zwei Dinge erfunden, um die sie viele Deutsche beneiden. Das sind zum einen das Camping an sich und zum anderen die vielen tollen Campingplätze an einem der wirklich schönen Orte in der Nähe von stehenden, sowie fließenden Gewässern. Da war es nur eine Frage der Zeit, bis wir bei unseren Überlegungen auf einen Campingplatz in den Niederlanden kamen.

Doch Petra machte ganz klare Ansagen an das zu suchende Freizeitheim: „Genug Platz, nicht zu weit von zuhause entfernt, Toilette und Dusche müssen zwingend vor Ort sein. Und hübsch. Und preiswert, aber kein Schrott", das waren ihre Kriterien, die sie erfüllt sehen wollte. Eigentlich konnte ich Allem bedingungslos zustimmen. Denn ich war genau wie meine liebe Frau nicht der geborene Camper. Eigentlich hatten wir beide keinerlei Erfahrung in diesem

Metier. Auf ein Mindestmaß an Komfort und Standard wollten wir trotz Camping keinesfalls verzichten.

So geschah es, dass wir eine Weile lang kein entsprechendes Objekt fanden. Entweder war die Budgetobergrenze oder das Klo zu weit entfernt. Bis wir auf einer bekannten Internetplattform für Kleinanzeigen auf eine solche stießen, die vielverheißend zu lesen war.

> Schönes Mobilheim auf noch schönerem Campingplatz in den Niederlanden nahe der deutschen Grenze für kleines Geld zu verkaufen.

Und die Bilder erst. Die waren schon toll und überzeugten uns beide, sofort Kontakt zum Verkäufer aufzunehmen. So besichtigten wir ein schönes, großes feststehendes Mobilheim mit Toilette und Dusche auf einem Ganzjahres-Campingplatz. Kurze Zeit später waren wir dann auch Eigentümer dieser mobilen Immobilie in den Niederlanden.

Von da an verbrachten wir den Großteil der freien Zeit dort. Wir genossen die Natur und die Ruhe, zumindest außerhalb der Wochenenden. Da es ein ungeschriebenes Gesetz auf Campingplätzen zu geben scheint, dass die ständig wiederkehrende Beschallung mit Songs einer in Krasnojarsk geborenen deutschen Sängerin vorgibt, beschränkte sich die wirklich ruhige Zeit auf die Werktage von Montag bis Freitag. Aber das war ja nicht so sehr das Problem, schließlich erfreuten diese Musikdarbietungen die zahlreichen Fans der blonden Bardin. Wer Klassikern des deutschen Liedgutes *wie Atemlos durch die Nacht* oder *Fehlerfrei* gegenüber nicht aufgeschlossen war, dem war halt nicht zu helfen.

Solch ein Campingplatz ist aber auch ein funktionierendes, nahezu autonomes Konstrukt mit staatlichen Strukturen. Betrachten wir einmal die folgenden *Mit-Camper*.

Bernd Baumann war Frührentner und hatte seinen Hauptwohnsitz eigentlich auf dem Platz. Seine offizielle Wohnung nutzte er nur als Melde- und Postadresse. Da Bernd keine wirkliche Aufgabe mehr hatte und sein 9 Meter Wohnwagen sowie seine Parzelle mit der Nummer 5 perfekt gepflegt war, betätigte er sich als *Platz-Organisator*. Ganz gleich, was auch immer geplant wurde, man kam an Bernd nicht vorbei. Bernd war die gute Seele des Platzes. Er wusste alles und kannte jeden. Bernd war immer hilfsbereit. Bernd war immer da.

Oder Georg Gutmensch. Er war in seinem früheren Leben Polizist. Wenn er nicht auf seiner Parzelle mit der Nummer 115 war, *ging er Streife*. „Man kann ja nie wissen, was sich hier so rumtreibt und seltsame Dinge tut", pflegte er zu sagen, ehe er mit einer Taschenlampe bewaffnet und von seinem Rauhaardackel Brutus begleitet, zu seinem Rundgang aufbrach.

Anton Marsch, ein ehemaliger Schlagersänger von Nummer 101, war wohl aufgrund seines Lebenslaufes der Spaß- und Stimmungsmacher des Platzes. Es gab keine Feierlichkeit, auf der er nicht seinen Mega-Hit *Schönes Kleid* zum Besten gab. Man munkelte, dass er diesen Gassenhauer selbst auf einer Trauerfeier im dem Anlass entsprechend dekorierten Versammlungshaus des Platzes vorgetragen haben soll.

Willibert Weinmann, die Schnapsdrossel von Nummer 23, war überall zu finden, wo auch Anton Marsch war. Denn wo Anton sich aufhielt, fand gerade eine Feier statt. Und wo gefeiert wurde, da gab es auch etwas zu trinken.

Regina Reinlich, bewohnte mit ihrem Mann Robert Parzelle 74. Sie nannten ein Mobilheim von 12 Metern Länge, einem Vorzelt von vier mal sechs Metern und einen zwölf Quadratmeter Pavillon ihr Eigen. Regina war die *Putzfee* des Platzes. Selbst den Zaun um die Parzellen 73 und 75 befreite sie regelmäßig von Schmutz und Unrat. Schließlich sollte nichts den Blick auf die sauberste und gepflegteste Parzelle trüben.

Antonie Kaufmann hatte im Laufe von rund zwanzig Jahren auf Parzelle 12, einen nahezu perfekten Lieferbetrieb aufgebaut. Sie gehörte nicht nur zum *lebenden Inventar*, wie Bernd Baumann, der Platz-Organisator, nicht müde wurde, zu erwähnen. Sie konnte auch wirklich alles besorgen, von der Gasflasche über ein Vorzelt bis hin zum Gartenzwerg gab es nichts, was Antonie nicht beschaffen konnte.

Ingolf Inbus hatte auf Parzelle 33 im Laufe der letzten Jahre sogar eine kleine Kfz-Werkstatt aufgebaut. Zu ihm kamen alle Platzbewohner, wenn ihr fahrbarer Untersatz einmal Mucken machte oder der TÜV-Termin angesagt war.

Und dann war da noch Roland Rübsam. Er war der Camper mit dem grünen Daumen. Hinter seinem in die Jahre gekommen 4 Meter Wohnwagen hatte er die Parzelle 87 in einen botanischen Garten verwandelt. Es grünte und blühte. Die Bienen surrten und die Vögelchen zwitscherten, dass es eine wahre Pracht war. Roland versorgte seine Camping-Genossen mit allerlei *Grünzeugs*. Die besonders guten Nachbarn deckte er auch mit speziellen *Gräsern* ein.

Zu guter Letzt sei noch Mary Rose erwähnt. Sie war Lehrerin und aufgrund der großzügigen Ferienregelungen sehr häufig auf dem Platz anzutreffen. Sie hatte aus ihrem Beruf eine Berufung gemacht und ihre Parzelle 46 zu einem Kinderspielplatz umfunktioniert. Genervte Eltern und überforderte Großeltern schickten die lieben Kleinen gern zu Mary. War sie es doch, die den Nachwuchs zu beschäftigen wusste.

Sie sehen, wie recht ich hatte. Der Campingplatz ist in der Tat ein Mikrouniversum. Dort gibt es nichts, was es nicht gibt.

Das macht so einen Campingplatz mit all seinen Bewohnern aber auch so liebenswert. Man muss sich dort einfach nur wohlfühlen. Das gelingt auch fast al-

len Menschen, wenn sie nur die kleinen und manchmal auch großen Macken ihrer Mitmenschen zu ertragen lernen.

Parcours de le Bürokratie - Die Kur

Wie viele andere Menschen meiner Altersklasse musste auch ich mit jedem neuen Lebensjahr mehr und mehr körperliche Beeinträchtigungen hinnehmen. Kurz gesagt, Mitte der Fünfziger machten sich *die Jahre* bei mir bemerkbar.

Der Rücken zwickte deutlich mehr als noch mit dreißig. Zwei Mal war es sogar so schlimm, dass ich im Krankenhaus behandelt werden musste. Zu dieser Zeit war ich mobil wie eine Parkbank und mit Medikamenten so zugedröhnt, dass rosa Elefanten zu meinen regelmäßigen Begleitern wurden. Ich erwischte mich gelegentlich sogar dabei, dass ich mich fragte, wo denn meine rosa Freunde seien, wenn ich einmal vergessen hatte, eine Pille einzunehmen.

Die Knie wollten auch nicht mehr so recht dafür Sorge tragen, dass mein Gang jung und dynamisch wirkte. Von weitem sah ich wohl eher so aus, als hätte ich gar keine Kniegelenke. Na ja. Das zumindest sagte mein bester Kumpel Peter zu mir, als er mich einmal aus der Ferne auf sich zukommen sah.

Der Blutdruck machte auch nur noch meinem Hausarzt, Herrn Dr. Timotheus Tuja und dem Apotheker, Herrn Pillatus, eine Freude. Dem Hausarzt in erster Linie, weil er an mir regelmäßig seinen Blutdruck-Dauermessapparat austesten konnte. Die

Freude des Apothekers war vielmehr in den Rezepten für das Mittelchen gegen Bluthochdruck, die mir Herr Dr. Tuja mit großem Eifer ausstellte, begründet.

Und weil diese Beschwerden scheinbar nicht ausreichend waren, kam zu allem Überfluss auch noch ein Pfeifen im Ohr hinzu. Spätestens dadurch wurde mir bewusst, dass es mit dem sorglosen Leben so langsam zu Ende gehen sollte.

Wahrscheinlich auch aus diesem Grund meinte mein Hausmediziner Dr. Tuja bei einem meiner Besuche zu mir: „Was halten sie davon, wenn sie mal eine Weile aus Ihrem Alltag ausscheren und sich nur um sich selber kümmern? Um es auf den Punkt zu bringen. Warum machen sie nicht eine Kur? Das kann ich ihnen nur empfehlen". Eine Kur? Darüber hatte ich noch nie nachgedankt. Außerdem waren Kuren doch nur etwas für alte Leute. Aber vielleicht hatte Dr. Tuja ja recht und es täte mir gut. Kurschatten und Kurkonzert konnte ich ja auslassen. „Ok, einverstanden. Was muss ich tun, um so eine Kur machen zu dürfen?", fragte ich meinen Hausarzt, vollkommen ahnungslos, was ich mit dieser Frage lostreten würde. „Ich gebe ihnen ein Formular, das sie bei der Krankenkasse einreichen müssen. Die klären dort dann, wie es weitergeht. Aber das kann natürlich dauern".

Damit war mein *Parcours de la Bürokratie* in Gang gesetzt. Wie auch Ärzte irren können und der Bürokratiehengst durch alle Amtsstuben galoppieren kann, darüber war ich zu diesem Zeitpunkt wenig bis gar nicht im Bilde.

Alles begann mit dem Formular, das mir der gute Dr. Tuja gegeben hatte. Es war zum einen das falsche Schriftstück und zum anderen war nicht die Krankenkasse, sondern der Rentenversicherungsträger zuständig. Dies erfuhr ich, nach 45 Minuten in der Hotline-Warteschleife des Krankenversicherers, innerhalb von Sekunden. „Wenden Sie sich an Ihren Rentenversicherungsträger. Die müssen den Antrag bearbeiten."

Weitere 30 Minuten Hotline-Warteschleife später, dieses Mal allerdings bei der Rentenversicherung, sagte man, dass der *Antrag auf Leistungen zur Teilhabe für Versicherte – Rehabilitationsantrag* bereits während des Telefonats auf den Weg zu mir geschickt worden sei. Ups, das ging aber schnell.

Weit gefehlt. Von wegen schnell. Der Rentenversicherer versendete seine Post nicht mit der Post, sondern mit einer privaten Firma, die zwar preiswerter war, dafür allerdings auch wesentlich länger brauchte. So dauerte es fast eine ganze Woche, bis der Umschlag mit dem *Antrag auf Leistungen zur Teilhabe für Versicherte – Rehabilitationsantrag* bei mir eintrudelte. Der DIN A4 Antragsumschlag war in der Tat ganze sieben Tage unterwegs, um immerhin ganze 65 Kilometer transportiert zu werden. „Postkutsche, da kann ich nur lachen. Da wäre ich, und das trotz meines Alters, zu Fuß schneller gewesen". Der private Zusteller schaute mich böse an, als ich ihm dies sagte. Dann schlich er mit dem Kopf schüttelnd weiter. Nun gut, ich hielt den Umschlag in Händen und damit war Schritt Eins getan. Den vorläufigen Höhepunkt erreichte ich mit Punkt Nummer Zwei.

Der Antrag, ganze zwanzig Blatt im bürokratischen Format A4, stellte mich vor die Frage, ob ich die Kur oder vielmehr die Reha-Maßnahme nicht doch besser auslassen sollte. Rückenschmerzen und Co., damit konnte ich doch auch ganz gut weiterleben. Entgegen meiner Bedenken kämpfte ich mich dennoch durch den zwanzigseitigen Antrag, der sich bei genauerer Betrachtung als vierzig eng bedruckte Seiten herausstellte. Ein Antrag, den ich ausfüllen musste. Einer, den mein Arbeitgeber mit Inhalt zu füllen hatte. Ein weiterer für die Krankenkasse oder doch den Arbeitgeber? Und dann noch einer, wenn man keine Zuzahlung leisten wollte oder konnte. Einen weiteren konnte ich nicht zuordnen. Die eingehende Suche in der umfangreichen Ausfüllhinweis-Bibliothek, die dem Antrag beilag, half mir nicht wirklich weiter. Hätte ich doch damals den Rat von Herrn Hohn befolgt und den Lehrgang *Bürokratiedeutsch für Deutsche* besucht, dann hätte ich mit diesem Antrag keine Probleme gehabt. „Vielleicht haben diese Formulierungen aber auch Methode, weil man den Normalsterblichen davon abhalten will, so etwas Kostenintensives in Anspruch zu nehmen", grübelte ich nach, als ich gerade bei Seite 14 und der Frage nach meinem Lebenslauf war. Dabei wollte ich mich doch gar nicht beim Rentenversicherer als Mitarbeiter bewerben. Ich verstand deren Sprache ja schon nicht.

Ich schaffte es aller Anstrengungen der Bürokratie zum Trotz dennoch, den Antrag auszufüllen. Die unterschiedlichen Briefumschläge für den Arbeitgeber, die Krankenkasse sowie den Rentenversicherungsträger mit den korrekten Vordrucken bzw. Antragsformularen zu bestücken und gegen die Zahlung einer ordentlichen Summe für das Porto, bei der Post aufzugeben. So! Damit war mein Teil der Kurvorbereitung erledigt. Ich lehnte mich entspannt zurück. Jetzt mussten Amtschimmel und Bürokratiehengste ihren Job tun.

Da ich innerlich bereits damit rechnete, dass mir die Reha-Maßnahme nicht genehmigt würde, weil Vieles, das für andere zutraf, aus welchen Gründen auch immer, für mich keine Gültigkeit hatte, überraschte mich der nächste DIN A4 Umschlag im Briefkasten doch sehr. Zumal noch keine zwei Wochen nach Antragsabgabe vergangen waren.

Voller Erwartung öffnete ich den Umschlag und hielt den Prospekt der *Dr. Peter von Paul-Klinik* in Bad Lauterbach in Händen. In einem freundlichen Anschreiben teilte man mir diverse Sachverhalte in verständlichem Deutsch mit. Ich war begeistert, endlich jemand, der meine Sprache sprach. Und sogar der vierzehnseitige Fragebogen der Klinik war im Großen und Ganzen in umgangssprachlichen Worten formuliert. Selbst eine nur aus zwei Seiten bestehende Checkliste, zu meiner Vorbereitung auf die Maßnahme, hatten die freundlichen Mitarbeiter der Klinik beigefügt. In dieser Liste fanden sich wirklich sinnvolle Hinweise wie zum Beispiel, dass man Hygieneartikel und seine Medikamente zur Reha mitbringen sollte.

Auch diesen Papierkram erledigte ich umgehend und lieferte ihn bei der Poststelle meines Vertrauens ein. „Ach Herr Paul. Sie tun mir leid, schon wieder so ein großer A4 Umschlag. Sie müssen bestimmt zur Kur. Ist es so schlimm um ihre Gesundheit gestellt?", fragte mich Frau Redsam, die Inhaberin des Kiosks mit integrierter Poststelle. „Woher wissen sie das denn?", fragte ich sie sichtlich überrascht. Und sie antwortete nur lapidar: „Ach wissen sie, wenn man den lieben langen Tag hier steht und Briefe entgegennimmt, dann bekommt man so manches mit. Erst kürzlich haben Herr und Frau Schinkenklopfer, die da hinten in der Schenkelstraße wohnen, die gleichen Umschläge wie sie hier abgegeben. Siegbert Schinkenklopfer ist gestern Mittag von einem Krankentransport abgeholt worden. Man erzählt sich, dass der *Antrag auf Leistungen zur Teilhabe für Versicherte – Rehabilitationsantrag* zu viel für sein ohnehin belastetes Nervenkostüm gewesen sein soll". Näheres zu Herrn und Frau Schinkenklopfer interessierte mich nicht und ich verließ schnell das winzige Ladenlokal, in dem sich die Postagentur, die Lottoannahmestelle, der Bastelshop, der Schulbedarf- und Zeitungskiosk sowie ein Friseursalon die 150 Quadratmeter Verkaufsfläche teilten. Ich hörte noch so eben wie Frau Redsam mir ein „Ich wünsche ihnen viel Kraft" hinterher rief.

Jetzt war ich also schon fast auf dem Weg nach Bad Lauterbach in die *Dr. Peter von Paul-Klinik*. Das musste doch ein Wink des Schicksals sein.

Sollte ich nicht auch noch ein Schreiben der Rentenversicherung bekommen? So ein formelles Schriftstück, aus dem ganz offiziell hervorgeht, dass die Kur, äh Reha-Maßnahme bewilligt wurde. Wo man diese in welchem Zeitraum und so weiter erleben durfte. Nicht, dass es sich um einen Fehler der Klinik handelte und ich nachher umsonst nach Bad Lauterbach fahren würde.

„Aber wozu haben wir unsere modernen Telekommunikationsmittel? Ruf ich doch einfach direkt in der Abteilung Rehabilitation an. Schließlich hat man mir ja auch die fünf Nummern gegeben, unter denen die Fachleute dort zu erreichen sind", sagte ich in einem Anflug von Vertrauen in die bürokratischen Organe unserer Gesellschaft zu mir und wählte die erste Nummer. Klingelton folgte auf Klingelton und nach zwei Minuten wurde die Leitung durch den Netzbetreiber getrennt. Gut, war bestimmt mal eben auf dem stillen Örtchen oder in der Kaffeeküche. Das konnte mich nicht entmutigen, ich hatte schließlich ja noch weitere vier Nummern. Doch als sich auch bei diesen niemand meldete, fragte ich mich, ob Sonntag sei. Den Betriebsausflug hielt ich dann doch für die wahrscheinlichere Variante, weil nachweislich nicht der Tag des Herrn war. Und außerdem hatte ich ja noch eine Hotline-Nummer. Speziell für Reha-Fragen. „Da komme ich bestimmt ganz schnell dran. Gibt ja nicht so viele Leute, die in Kur gehen wollen".

Bürokratie bedeutet ein in sich geschlossenes System in einem Paralleluniversum. Da darf man nicht von gleichen Abläufen, wie es sie im realen Leben gibt, ausgehen. Fünf Telefonnummern entsprechen daher nicht zwangsläufig fünf menschlichen Ansprechpartnern. Es sind halt nur fünf Telefonnummern.

So verbrachte ich auch in dieser Hotline eine geraume Zeit in der Warteschleife, nur um von der freundlichen Dame zu hören, dass ich mich doch bitte an die Fachabteilung wenden möge. Sie gab mir noch die mir bereits bekannten, aber völlig unbemannten fünf Telefonnummern, ehe ich wortlos auflegte. „Dann machen wir das eben schriftlich!". Ich setzte mich also an den Rechner und schrieb meine Fragen und Hinweise in ein Kontaktformular. Außer dem Hinweis darauf, dass ich das Kontaktformular ausgefüllt und abgesendet hätte, habe ich nichts mehr davon gehört.

Was aber auch nicht weiter nötig war, da ich zwei Tage später, also eine Woche nach der Kurklinik, Post von der Rentenversicherung erhielt. Dem Schreiben in Bürokratendeutsch entnahm ich, dass meine Reha-Maßnahme drei Wochen dauern würde. Sie könnte aber auch kürzer oder länger werden. Zudem teilte man mir mit, dass ich aktiv teilnehmen müsse, um das positive Ergebnis der Reha-Maßnahme nicht zu gefährden. Ein bürokratisches Schreiben ist kein solches, wenn es nicht ein Merk- sowie ein Hinweisblatt enthält, in dem bürokratische Sachverhalte in bürokratischem Deutsch erläutertet werden. Ich unterließ es, diese vier Seiten verstehen zu wollen. Einzig der Hinweis, dass es im Sinne einer erfolgreichen Maßnahme nicht sinnvoll sei, wenn Angehörige Besuche abstatten würden, machte mich stutzig. Denn im Anschreiben der Klinik stand, dass liebe Angehörige einen positiven Einfluss auf das Gelingen der Maßnahme hätten. Und es aus diesem Grund sogar möglich sei, dass ein naher Verwandter gegen Zahlung eines bestimmten Tagessatzes im Zimmer des Patienten nächtigen dürfe. Da hatten die in der Klinik das Bürokratisch der Versicherung bestimmt falsch verstanden. Ich würde sie bei Gelegenheit auf dieses Missverständnis hinweisen, sollte ich einmal vor Ort sein.

„Noch eine Woche, dann geht`s los", wollte ich gerade sagen, als das Telefon klingelte und sich eine freundliche Stimme als Mitarbeiterin der *Dr. Peter von Paul-Klinik* vorstellte. Man habe da ein Problem und ob ich da weiterhelfen könne. Hilfreich und nett wie ich einmal war und auch heute noch bin, sagte ich zu, behilflich sein zu wollen. „Sie haben ja nun eine Genehmigung für Ihren Rücken. Wir sehen aber auch, dass sie Probleme mit dem Blutdruck haben. Das ist aber ein internistisches Problem, das wir mit der Orthopädie nicht entsprechend behandeln können. Was ist nun wichtiger? Ihr Rücken oder der Blutdruck?", fragte mich die freundliche Stimme. „Ähm, ich denke der Blutdruck ist wichtiger", antwortet ich der Dame mit dem süddeutschen Akzent und hoffte, damit alle Unklarheiten beseitigt zu haben. „Ok, dann werden wir ihre Rentenversicherung entsprechend informieren. Sie erhalten dann von dort in Kürze ein neues Antragsformular und ebenfalls einen neuen Fragebogen von uns, den sie bitte ausfüllen möchten."

„NEIN. Alles nur das nicht!"

Das Leben besteht nicht nur aus Widrigkeiten und so durfte ich letztlich dennoch, vor allem aber auch zum geplanten Zeitpunkt, meine Reha-Maßnahme beginnen und erfolgreich beenden. Für eine längere Zeit danach ging es mir gesundheitlich deutlich besser. Ob sich aber Nutzen und Aufwand für die begrenzte Zeit des Wohlbefindens rechnen, das konnte ich damals, und kann ich auch heute immer noch nicht mit Sicherheit sagen.

Vielleicht werde ich mich eines Tages aber auch an den Rechner setzen und das in der Reha Erlebte niederschreiben. Es wäre, wenn ich es recht bedenke, einfach zu schade, dies alles unerwähnt zu lassen.

Ich gebe aber auch zu bedenken: Anträge, Bürokratie, Verwaltung und Organisation, da sind wir Weltmeister. Doch läuft nicht etwas falsch in unserem Land, wenn wir *Otto-Normal-Bürger* unsere *Verwalter* in Amtsstuben und Verwaltungen nicht mehr verstehen, nur weil diese ihre eigene Sprache sprechen?

Der Ruhestand – Paul geht in Rente

Nach vielen Jahren der Berufstätigkeit kam nun auch bei mir eines Tages der Augenblick, an dem ich dem Job für immer *Auf Wiedersehen* sagen durfte. Die vorangegangene Kur hatte diesen Zeitpunkt nur ein wenig nach hinten verschoben. Der Natur und dem natürlichen Alterungsprozess konnte auch eine noch so tolle *Leistung zur Teilhabe für Versicherte* nichts entgegensetzen, so dass auch ich endlich in den Ruhestand gehen konnte.

Viele Freunde und Kollegen hatten mich schon Monate vorher mit Tipps geradezu bombardiert. „Such dir ein Hobby", oder „Du darfst nicht ins Nichtstun verfallen". So oder so ähnlich hörten sich die Ratschläge an, die man mir unterbreitete, sobald das Gespräch auf den bevorstehenden Renteneintritt kam.

Das mochte auf meine vielen Tippgeber ja auch zutreffen, aber bei mir war und ist die Lage eine andere. Ich habe eine tolle Frau und zusammen haben wir noch viel vor. Schließlich hatten wir uns erst spät kennengelernt. Dann waren auf einen Schlag die drei Kinder im Fokus. Dann der Job. Und weitere Dinge bedurften ebenfalls unserer Aufmerksamkeit. Sie sehen, wir hatten kaum Zeit für uns. Kaum Gelegenheit, uns unsere Wünsche zu erfüllen. Das haben wir alles in die Zeit der Rente verschoben. Dieselbe zu vertrödeln, nichts liegt uns ferner als dies. Schließlich wissen wir nicht, wie viel Zeit uns bleibt.

Wir wollen die sprichwörtlichen Rentner sein. Die, die nie Zeit haben und die dauernd unterwegs sind. So haben wir unseren letzten Lebensabschnitt geplant. Jeden Augenblick genießen und jeden Moment bewusst erleben. Das ist unser Plan. Denn wie viel Zeit ein Jeder hier auf dieser Erde hat, liegt nicht in der Entscheidung des Einzelnen. Drum leben wir das Hier und Jetzt.

CARPE DIEM. SEMPER!*

*Genieße den Augenblick. Immer!

Schlusswort

Dieses Buch ist kein literarisches Meisterwerk und wird mir auch niemals den Nobelpreis verschaffen. Diesen Anspruch hatte und habe ich aber auch gar nicht.

Ich hoffe lediglich, dass ich Ihnen das eine oder andere Schmunzeln entlocken und somit ein wenig Ablenkung vom Alltag schenken konnte. Das würde mich ehrlich freuen.

Ich danke allen meinen Lieben, dass ich meine Zeit auf Erden mit ihnen teilen darf. Ganz besonders aber danke ich meiner lieben Frau. Danke dafür, dass Du meine Marotten erträgst, mir jeden Wunsch von den Augen abliest und immer für mich da bist. Danke. Ich liebe Dich.

Zu allerletzt möchte ich noch darauf hinweisen, dass das von mir Erzählte nur auf fiktiven Personen und Gegebenheiten beruht. Sollten sich jedoch Ähnlichkeiten oder Parallelen zu tatsächlichen Geschehnissen oder realen Personen ergeben, so wäre dies rein zufällig.

Zeitfracht Medien GmbH
Ferdinand-Jühlke-Straße 7
99095 Erfurt, Deutschland
produktsicherheit@kolibri360.de